ANTES DEL NIÑO

B. ROMAN

Traducido por

ELIZABETH GARAY

Publicado en 2021 por Next Chapter

Editado por Mario I. Ruiz V

Arte de la portada por CoverMint

"Incluso en la muerte, una madre guía a su hijo a través de triunfos y tragedias hacia su verdadero destino."

PRÓLOGO

EN EL MOMENTO ACTUAL

A Billie Nickerson le quedan tres minutos de vida. No será rápido y morir no será sin dolor. Sabía que este día llegaría, pero no que sería hoy o de esta manera.

Ha vivido 100 vidas que no puede recordar y vivirá 100 más antes de pagar sus deudas kármicas. Pero en unos momentos, esta vida; su encarnación más crucial; la que hace que cada vida pasada sea inmaterial y que cada vida futura sea un trampolín hacia la eternidad, terminará.

La hija de Billie, Sally; quien lleva una luz brillante a cada habitación con solo entrar, duerme tranquilamente en el asiento trasero. A solo unos días después de llegar a su adolescencia, quedará lisiada; sus piernas destrozadas, una consecuencia no deseada.

El hermano mayor de Sally, David; un prodigio de la música a pesar de su sordera, quien está destinado a una grandeza que no puede imaginar en este momento, se sienta a su lado; soñando despierto sobre cómo ejecutará una nueva pieza musical que Billie le ha enseñado. Se le perdonará la vida, pero odiará por siempre a su madre por morir.

A Billie solo le quedan unos segundos para estar con su querido esposo, Isaac; quien hábilmente conduce el auto por el traicionero y sinuoso camino a casa.

"Por favor, abrocha tu cinturón de seguridad Billie" le amonesta Isaac. "No sé qué encontraré en esta niebla."

"Lo haré, Isaac. Solo tengo que ajustarlo. Está demasiado apretado y no puedo hacer que se expanda lo suficiente como para estar cómoda."

"¿No puede esperar hasta que paremos? Vuelve a poner la maldita cosa en el seguro por ahora. No es propio de ti ser descuidada."

"No es propio de ti ser tan terco para conducir en esta niebla por un montón de papeles." Es la última vez que Billie regañará a Isaac por estar tan comprometido con su trabajo.

"No son solo papeles. Son proyectos importantes para el diseño del barco que podrían llevarnos a tener una independencia financiera."

Isaac se vuelve para mirar a Billie, sin saber que es la última vez que verá su rostro sin cicatrices y pierde de vista los faros en su espejo retrovisor. Reduce la velocidad para encontrar la salida de la autopista, pero la pasa.

El impacto por detrás es instantáneo y poderoso. El semirremolque choca contra el auto de los Nickerson con tal fuerza que se convierte en un proyectil sin control. La bolsa de aire de Isaac se despliega y momentáneamente queda cegado y luego se desmaya por el impacto del choque. Billie es lanzada hacia adelante casi atravesando el parabrisas, pero es forzada hacia abajo; entre el tablero y el asiento delantero. La bolsa de aire del lado del pasajero no se despliega, un conveniente golpe del destino.

Cuando la vena pulmonar de Billie se desgarra, siente que la sangre le corre por el pecho con tanta fuerza que una enorme oleada de náuseas se apodera de ella. En un golpe sofocante, su corazón es empujado de izquierda a derecha, rompiendo vasos sanguíneos y amenazando con diseccionar su aorta.

En un movimiento instintivo, David alcanza a su hermana, pero está sujeto por el arnés de regazo y hombro. Más tarde sentirá el dolor de una fractura de esternón y laceraciones en el cuello. Pero por ahora se encuentra en un mundo confuso de silencio, viendo y sintiendo la carnicería a su alrededor, pero incapaz de escuchar el sonido de la bocina del semirremolque, el chirriar de los neumáticos en la carretera, el acero sobre acero cuando los vehículos chocan y rompen barandillas de sus cimientos. Tampoco escucha las sirenas de los socorristas cuando llegan a la escena.

El camión cuelga precariamente sobre un terraplén, pero el conductor es sacado de la cabina milagrosamente vivo y alerta. El SUV de los Nickerson ha sufrido lo peor del accidente y es casi irreconocible como automóvil.

"Jesús. El motor está casi partido en dos. Corta la maldita bocina" grita un paramédico. "¡No puedo oírme pensar!"

El otro paramédico tira inútilmente de las puertas fruncidas, desesperado por evaluar si hay sobrevivientes. "Necesitamos otra ambulancia" grita. "Son cuatro personas."

Con sangre brotando de su nariz y boca, Billie gime y agita sus brazos, sacando el catéter que el paramédico intenta insertar en su brazo mientras ella todavía está atrapada en el vehículo. Sus palabras son incomprensibles e incoherentes.

"¿Qué es lo que dice?"

Su compañero, tratando de calcular cómo liberarla de los restos del auto, simplemente niega con la cabeza. "No puedo entenderla. Está en shock. No veo ninguna herida visible en la cabeza, solo un gran corte en su mejilla. Sangre manando de sus fosas nasales. Te garantizo que hay algunas lesiones internas muy serias."

"¡Déjenme tranquila!" Billie implora, dispuesta a morir.

Ella sabe que este es su fin y lo acepta como una profecía, como la única forma de salvar a su familia y permitirle a David recibir los extraordinarios dones intuitivos que nació para heredar.

"Tengo que lograr que acepte ser atendida." El paramédico le inyecta drogas para reducir su agitación y le coloca una máscara de oxígeno en la cara. "Ve lo que puedes hacer por los demás."

"Tendrán que sacarlos con las cizallas neumáticas. Aquí viene el equipo."

Como tijeras cortando papel, las afiladas hojas de las mandíbulas abren las retorcidas puertas traseras. Sacan a David y Sally y los colocan en camillas. Isaac es retirado del vehículo destrozado después de haber sido separado de la bolsa de aire activada. Con las sirenas a todo volumen, la primera ambulancia los transporta a los tres a la unidad de trauma del hospital, mientras los socorristas trabajan febrilmente para sacar a Billie sin lastimarla más.

El corazón de Billie se detiene por primera vez cuando la sacan de los restos del SUV. Se le aplica un masaje cardíaco inmediato y se reinicia su corazón. Las sirenas suenan y las luces parpadean desde la plataforma mientras el conductor corre contra el tiempo, pero la condición de Billie se deteriora nuevamente. Para cuando llega a la sala de emergencias, el personal de traumatología está listo para afrontar el peor de los casos. Los cirujanos le abren el pecho y trabajan febrilmente para reparar los desgarros y las roturas. Pero la pérdida de sangre es demasiada y tienen pocas esperanzas.

"¡Está decayendo!"

"No luches, Billie. Estoy aquí contigo. Déjate ir."

"Detén las compresiones... revisa el pulso..." No hay.

Eso es todo, querida. Solo unos segundos más y podremos recorrer juntos tu camino.

"Carga las paletas a 300... ¡despejen!" Las repetidas

descargas eléctricas no logran revivir a Billie y su corazón se detiene. A regañadientes, los médicos aceptan que no pueden hacer nada más para salvarle la vida.

"¿Quieres declararla?"

"Hora de la muerte 17:40"

Dios. ¿Estoy realmente muerta? Estoy flotando, pero mi cuerpo está acostado en la cama del hospital. Todos piensan que estoy muerta, pero no lo estoy. Quiero gritar que estoy viva. No me cubras la cara con esa sábana.

"¡Espera, espera!" El pulso en el monitor es débil pero medible. Un médico revisa la respuesta de sus ojos mientras que el otro revisa la respiración de Billie.

"Sin respuesta en pupilas. No hay actividad cerebral."

"No hay sonidos respiratorios. Sin embargo, el monitor muestra un pulso."

El médico coloca su estetoscopio sobre el pecho de Billie. "Es errático y débil. No es posible. Pero intubemos y tal vez..."

No dudes, Billie. Tu tiempo en esta Tierra ha terminado.

No, espera. Tengo miedo. No quiero irme todavía.

Lo sé. Pero recuerda que esto es lo que querías. Y es mi tarea facilitar tu transición, llevarte a donde debes residir por la eternidad. Pronto no recordarás el dolor de la Tierra, tu muerte o el dolor de tu familia.

Isaac está sentado en una camilla de urgencias a pocos pasos de la sala de atención de Billie. Solo sufre contusiones faciales y quemaduras en sus manos por la bolsa de aire desplegada, está devastado y lleno de culpa. ¿Cómo es que no pudo desplegarse la bolsa de aire de Billie? ¿Hubo un aviso para sustituirla? ¿Olvidé hacer que la revisaran? Isaac cavila dolorosamente sobre todos los recuerdos previos al accidente. "La he asesinado," solloza. "¡He matado a mi esposa!"

Inmóvil en su cama de la UCI, Sally está sedada para mantener la columna lo más quieta posible, pero al despertar descubre que está paralizada de la cintura para abajo. Su lesión en la columna podría no haber sido tan grave si hubiera estado sentada erguida en el asiento trasero en lugar de dormir en posición fetal. El impacto la lanzó hacia adelante contra el respaldo del asiento del conductor y estiró su cinturón de seguridad hasta el punto de fallar. El impacto del remolque golpeando la parte trasera del auto empujó el asiento contra la espalda de Sally, sellando su destino.

David rechaza los analgésicos por sus heridas sorprendentemente menores, aunque está aturdido y conmocionado por la terrible experiencia. Incapaz de pararse sin tambalearse, le hace señas frenéticamente a la enfermera que necesita una silla de ruedas para ir a ver a su madre. Al no saber el lenguaje de señas, la enfermera está desconcertada. David agudiza sus fuerzas y grita, en un habla casi perfecta: "¡Quiero ver a mi madre!"

Dorothy Nickerson llega frenética a la sala de urgencias y desesperada por la preocupación, le informa al personal que es la hermana de Isaac. Tiene unos 15 años más que Isaac y sin embargo, es ágil y atlética tras años de navegación y senderismo por sitios arqueológicos exóticos.

"¿Dónde está mi familia?" exige. "Quiero verlos. Por favor, dígame qué pasó."

Después de recibir información sobre la condición de todos, Dorothy insiste en poder acompañar a David a ver a su madre. Con un presentimiento, ella maniobra su silla de ruedas hasta la sala de trauma. Al ver el cuerpo sin vida de Billie en la camilla, violado por tubos invasivos y vías intravenosas, Dorothy se siente abrumada por el dolor. El ritmo desesperado del ventilador hace que su estómago se revuelva y se alegra de que David no pueda oírlo.

Durante la noche y hasta el día siguiente, Billie oscila entre una vida sostenida por una máquina y una muerte irreversible que vendrá cuando la máquina se apague. A pesar de las advertencias del personal médico de que no hay actividad cerebral ni esperanza de supervivencia, Isaac no puede aguantar que le quiten el soporte vital.

"Todavía no," se niega. "No estamos listos todavía."

Vigilante a través de las horas interminables, David se sienta al lado de su madre y le exige que viva, que no se rinda, que de alguna manera, milagrosamente; ella misma pueda querer regresar. Se pone de pie para acercarse a ella.

"Mamá," susurra. "Sé que estás ahí. Sé que puedes oírme. Regresa con nosotros. Solo esfuérzate más. Yo sé que puedes hacerlo. Me enseñaste todo lo que sé, música, lenguaje de señas, me enseñaste a nunca rendirme sin importar nada. Por favor, por favor. No te rindas ahora."

"Oh, David, no lo hagas."

"No, tía Dorothy. No me detendré. Mamá no puede dejar de intentarlo. Díselo," le implora.

"Es demasiado tarde. Ella se ha ido, David. Se ha ido."

El ruido del monitor cardíaco perfora el aire, pero es la línea plana verde que significa la muerte de su madre lo que atraviesa el corazón de David. Desesperadamente toma la mano de su madre.

"¡No! ¡Mamá, si mueres, te odiaré por siempre! ¡Nunca te perdonaré por dejarme!"

"Por favor, David. No lo dices en serio," solloza Dorothy. "No puedes despedirte así estando tan enojado."

Dorothy y un empleado obligan a David a volver a su silla de ruedas y lo sacan de la habitación mientras él golpea furiosamente el brazo de la silla.

¡No me dijiste que me odiaría! Por favor, ¡tráeme de vuelta para que pueda explicarlo!

Es demasiado tarde, Billie. No podemos regresarte. Este fue el trato. Tu vida por el alma de David, por sus dones para el mundo.

Debe haber una forma...

No querida. Ven ahora. Hay cosas importantes que debes hacer. Ya lo verás. Estaba destinado a ser así. No puedes dudar o habrá consecuencias para todos ustedes.

Afuera, la niebla se ha levantado para revelar el crepúsculo, el momento favorito del día de Billie, cuando el sol poniente tiñe el cielo con cintas rojas y púrpuras que se funden en una cortina índigo.

Cuando su respirador se apaga, la oscuridad de la inconsciencia se disuelve en una luz azul, blanca y dorada. Billie Nickerson se encuentra en el umbral de un mundo donde no hay dolor, ni tristeza, ni arrepentimiento; donde las cargas de los celos, el orgullo y el juicio son tan ligeras como el aire y se elevan hacia el éter.

Aun así, hay recuerdos que flotan raudos como restos de naufragio —los tempranos días siendo una niña feliz, la inseguridad de adolescente, el abandono, el amor, la pérdida— su mente consciente limpiando los escombros que la retendrían en el viaje de su alma. El molesto zumbido de una compleja existencia terrenal se convierte en un eco de campanas, campanas suaves como las de viento, mientras se mueve a través de los brazos sueltos de una nube galáctica.

Qué pacífico, piensa. *Qué amoroso. ¿Es aquí donde pertenezco?*

Inesperadamente, unas manos invisibles la tiran hacia atrás tratando de mantenerla atada a la tierra. Su esposo, hijo e hija la seducen y le suplican con una energía tan fuerte que es casi palpable. Pero una fuerza mucho mayor la atrae y vuelve a estar tranquila, sin cuerpo; en un espacio más allá del espacio. Aparecen las almas acogedoras que iniciarán a Billie y la guiarán al más allá. Parece como si todas estuvieran nadando, siendo arrastradas por una corriente que no pueden controlar, bajo la dirección de alguien o algo indescriptible.

Billie está atrapada en la corriente, pero se ve obligada a volver atrás, a mirar una última vez a su familia, su dolor y angustia y jura regresar, sin darse cuenta de que podría significar una eternidad en el limbo.

CAPÍTULO UNO

20 AÑOS ATRÁS - LA HISTORIA DE AMOR

En un brillante día de junio, el patio de la universidad de Port Avalon se aviva con música pop. Los solicitantes de empleo charlan con anticipación al ser entrevistados por las empresas más prestigiosas de la ciudad en busca de los mejores y más brillantes estudiantes graduados. Con solo dos semanas para el comienzo, no hay tiempo que perder para asegurar el futuro y cada puesto en la hilera de exhibidores de atractivo diseño tiene una fila de estudiantes esperando su turno.

Isaac Nickerson, oficial de la Marina; se para frente a una cabina de reclutamiento en el otro extremo de la fila, hablando con orgullo y aliento a los hombres y mujeres jóvenes que muestran interés en servir a su país antes de ingresar al sector privado.

Un cartel de un portaaviones navegando poderosamente a través del océano adorna el puesto decorado con las palabras: "La vida, la libertad y la búsqueda de todos los que la amenazan."

"La educación que ya han recibido aquí, en la universidad

de Port Avalon; les ayudará a avanzar al rango de oficial mucho más rápido que si se alistaran con solo un diploma de bachillerato," informa Isaac. "Las incomparables oportunidades, experiencias y desafíos profesionales atraen a algunas de las personas más brillantes y capacitadas a la Marina, al tiempo que ayudan a otros a realizar un potencial que tal vez ni siquiera saben que tienen. Desde la alta tecnología hasta lo impresionante, la Marina de los Estados Unidos ofrece carreras y empleos que se adaptan a todos los orígenes e intereses. Literalmente se cuenta con cientos de funciones profesionales distintas en docenas de campos interesantes. Y sin importar la manera como presten el servicio, ya sea como reclutas u oficiales, a tiempo completo o parcial, conseguirán un entrenamiento, el apoyo y una experiencia inigualables en una carrera como ninguna otra."

Isaac continúa a todo entusiasmo con varios estudiantes intrigados, mientras que otros se alejan. "El activo más valioso de la Marina de Estados Unidos es su gente. Los marinos representan lo mejor y más brillante que Estados Unidos tiene para ofrecer. Y el compromiso de la Marina con su bienestar se refleja en su paquete de beneficios, oportunidades de capacitación y viajes mundiales que cambian vidas."

Un canto molesto de "¡No más guerra! ¡No más guerra!" crece más fuerte y más cerca. Un grupo de manifestantes con carteles entra al patio y se detiene justo enfrente de la estación de Isaac.

Los letreros son coloridos pero amenazantes: "Podemos bombardear el mundo en pedazos, pero no podemos bombardearlo para encontrar la paz" y "Cuando los ricos hacen la GUERRA, son los pobres quienes MUEREN."

Al frente de la fila hay una chica que deja sin aliento a Isaac. Billie Donovan (pronto sabrá que es su nombre, con una melena de cabello dorado que fluye rebelde, un comportamiento apasionado y una voz sonora) se destaca entre la multitud. Con solo una mirada, su corazón da un giro inesperado de una firme lealtad al ejército para estar dispuesto a morir por esta mujer, la diosa Eirene venida a la tierra, la personificación de la Paz.

Jesús, Isaac se reprende a sí mismo. *Contrólate, hombre. ¡Ella es mortal y tú eres un Capitán de la Marina! Y te está robando el protagonismo.*

Excusándose con los posibles reclutas, Isaac se acerca al grupo y se encuentra cara a cara con Billie. Levanta las manos en un esfuerzo por tranquilizarlos. Por extraño que parezca, lo logra, pero no sin algunas quejas.

"Oye, soldado" se burla uno de ellos. "Mejor retírate. Hablamos en serio y tenemos derecho..."

Isaac ejerce su formidable altura de 1,80 m. "Sí, tienes derecho. Pero antes que nada, no soy un soldado. Yo soy un capitán de la Armada."

"Con cuatro rayas y una barra en tu hombro, nada menos" esta visión felina lo acosa.

"Y en mi manga también" esquiva, reflexionando para sí mismo que debería ser su corazón.

"Por no mencionar al Águila en tu cuello." Billie Donovan subestima a Isaac con un brillo diabólico en sus ojos que le levanta el pelo de la nuca. "Ciertamente se destacan en tu uniforme de color caqui."

"Parece que sabes mucho sobre uniformes siendo una chica pacifista." Sus penetrantes ojos oscuros no intimidan a Billie.

"Bueno, he visto muchos uniformes caminando por el centro de la ciudad cuando un barco está en el puerto. Y debo decir que tienes una figura imponente, incluso si eres un halcón de guerra."

Isaac encuentra divertido que ella esté envuelta en el uniforme de la icónica niña de las flores: falda y blusa campesina, suaves mocasines, una diadema india que forma un halo alrededor de su cabello hasta los hombros. Apropiadamente, su mano derecha tiene levantados dos dedos en el signo de la Paz. Tan joven para ser un anacronismo.

"Hey, Billie. Deja de jugar aquí con el enemigo. Tenemos una protesta que continuar." Impaciente, el grupo de manifestantes comienza a avanzar sin ella.

"No se preocupen. Ya voy. Vayamos a la oficina de administración" ordena Billie y el grupo sigue adelante, mostrando carteles y gritando: "¡No más guerra, no más guerra!"

Por un momento fugaz, Billie se vuelve para ver los ojos curiosos de Isaac todavía siguiéndola.

Más tarde esa misma tarde, Isaac empaca la cabina y los documentos de reclutamiento, mete todo en su jeep y conduce hasta el bar del campus universitario. Necesita una bebida fría. En el interior, el bar está repleto de animadas conversaciones de todo tipo. Se sienta a la barra y lanza un suspiro de cansancio. Ha sido un día largo y caluroso y el soliloquio de reclutamiento se ha vuelto tedioso.

"Tomaré lo que sea que tenga disponible."

"Seguro." El camarero coloca un portavaso de coctel obligatorio en la barra, junto con una canasta de nueces mixtas.

"¿Qué tal algo para comer, como un pastel de cuervo?"

En el espejo detrás de la barra, Isaac ve la misma cabellera rebelde de antes. Gira el taburete para mirar a Billie Donovan de frente. "Vaya, ¿mira quién está aquí? El líder de la manada."

"¿Le invitas una bebida a una pacifista?" Ella se invita a sentarse a su lado.

"¿Shirley Temple?"

"Cualquier cosa que contenga ron."

"¿Eres lo suficientemente mayor para beber?"

"Diecisiete por las próximas dos horas, así que casi soy

legal. Pero eres el primero en cuestionar mi edad. Al cantinero no le importa."

Isaac hace un gesto al camarero y pide una bebida para la dama.

"Entonces, ¿cómo es que a los 17, casi a los 18; ya estás en la Universidad?"

"Soy una sabia," se ríe. "De hecho, me gradué del bachillerato un año antes y recibí una beca de música." Billie da un sorbo a su bebida, un Mai Tai.

"El ron es una bebida para los viejos lobos de mar," dice Isaac. "¿Eres una marinera?"

"¿Quién? ¿Yo? No. No he estado en un barco desde que era niña. Pero me gusta encontrar formas creativas de obtener mi vitamina C. Salud."

Tintinean los vasos para decir *salud* y ambos toman un trago satisfactorio.

"Entonces, hombre de la Marina, ¿qué haces tú reclutando? ¿No deberías estar en el mar o algo así, para la próxima misión de combate?"

"Yo no. Soy un ingeniero de diseño náutico."

"Bueno, eso es una luz brillante en la oscuridad. Alguien que crea en lugar de destruir. Entonces, ¿por qué estás en la Marina?"

"Está en mi ADN. Vengo de generaciones de constructores navales y marinos. Quería aprender los avances tecnológicos más modernos en el diseño de barcos más rápidos y eficientes y la Armada ofreció la mejor oportunidad."

"Es difícil de creer, pero si tú lo dices."

"Eres ruda, ¿no es así? ¿Y tú, a qué te dedicas? ¿Además de alterar el *status quo*?"

"Bueno, esa es una historia para otro momento. Por ahora, solo quiero relajarme, borrar el día de mi mente y disfrutar de una buena compañía."

"Bueno, bebo por eso." Isaac toma un buen trago.

"Oye, Billie, ¿qué tal una tonada?" alguien grita a través de la barra.

"Sí, hazle cosquillas al marfil para nosotros, Billie" interviene otro.

Pronto el cántico se eleva, "¡Billie! ¡Billie! ¡Billie!..."

"Está bien, está bien" Billie levanta los brazos para ceder.

Isaac está intrigado. "¿Tocas el piano?"

"Sí, un poco."

Billie se sienta al piano vertical y lo toca un poco. "Un poco desafinado, pero aquí va. ¿Alguna petición?"

"¿Qué tal algo de Elton John?" la multitud se ríe, disfrutando de la broma.

Atacando las teclas con exuberancia, Billie toca los primeros compases de *Crocodile Rock,* luego termina con un floreciente *glissando*. En lugar de los aplausos que uno normalmente escucharía al final de una actuación extravagante, hay un silencio anticipado. Todo el mundo sabe lo que está por suceder.

Con destreza y suavidad, Billie pasa del ritmo del rock and roll a una demostración musical de *Luz de la Luna, Claire de lune* de Claude Debussy, una de sus composiciones más famosas y reconocibles. Siendo una de las piezas raras de la música clásica que se abre paso en numerosas ocasiones en la cultura pop, también es una de las más exigentes para los intérpretes, ya que requiere una sensibilidad táctil que no rompa los delicados y sutiles colores de la escritura de Debussy.

La reluciente melodía, marcada *con sordina*, un enfoque suave y apagado, luego crece en brillantez a medida que avanza, con un pasaje de octava en tempo *rubato*, lo que lleva a una nueva melodía que Billie ejecuta con una sublimidad aún mayor.

Familiarizado con las deslumbrantes habilidades de piano

de Billie, el público del bar escucha con gran atención y respeto. Para Isaac, hay algo que nunca antes había sentido en su vida. Algo parecido al amor, pero más que amor. Más como una experiencia extracorporal, no es que alguna vez hubiera tenido una. Pero existe este reconocimiento subconsciente de que si los ángeles pudieran bailar en el teclado, lo harían cuando Billie Donovan tocara.

Aplausos y bravos siguen a Billie de regreso a su asiento en el bar. Un fresco Mai Tai la está esperando.

Isaac se queda sin habla. Todo lo que puede hacer es mirar fijamente a esta increíble joven sentada a su lado, que es a la vez ingenua y conocedora y además una música culta para arrancar.

"Bueno, di algo" desafía con ese tono burlón y sardónico suyo. "¿Nunca escuchaste a nadie tocar el piano?"

"Así no. Nunca así."

Unos tragos más tarde, Isaac y Billie regresan a su dormitorio. La tensión sexual es palpable, como la de un romance de película donde el calor emana de la pantalla sin que haya ni siquiera un toque entre los dos protagonistas. Caballero como es, Isaac se abstiene de tomarla en sus brazos allí mismo en el patio. A su vez, Billie se aleja tímidamente y luego se acerca a él. En un baile de cortejo, nunca dicen una palabra, pero cada vez que sus ojos se cruzan, el mensaje es claro.

"Bueno, aquí estoy" anuncia Billie cuando llegan. "¿Te veré de nuevo, antes de que te desplieguen o algo así?"

Él sonríe ante la idea. "No me despliegan. Pero me marcho mañana para una asignación en D.C."

"Oh. Bueno, supongo que esto es todo entonces. Fue un placer conocerte y emborracharme un poco contigo."

"Borracha de fascinación, creo. Sí. Pero si está bien, te llamaré cuando regrese. Ahora que eres legal."

"¿Cuánto tiempo?"

"Creo que alrededor de un mes o dos."

"Me gustaría eso... Si me recuerdas para entonces."

"Créeme, Billie Donovan: No podría olvidarte."

"En ese caso, Capitán Nickerson; puede llamarme."

Billie le entrega su tarjeta personal y él la guarda en el bolsillo de la camisa. Isaac la ve entrar en el dormitorio y luego se gira para alejarse, el deseo insatisfecho se apodera de sus séntidos. Pero momentos después, escucha que lo llaman por su nombre desde una ventana del tercer piso. Gira los ojos hacia arriba para ver a Billie parada en la ventana, haciéndole señas para que suba.

CAPÍTULO DOS

"¡Muévete, Billie! Vamos a llegar tarde." Austin la empuja mientras se invita a sí mismo a su dormitorio.

"Ya voy, ya voy," le asegura Billie. Mete sus partituras en una bolsa de transporte demasiado llena. "Tenemos mucho tiempo antes de que comience el ensayo."

Llegan a la sala verde del auditorio para encontrar a los otros miembros de la orquesta ocupando sus espacios. "No se preocupen," informa uno de ellos, "el ensayo se ha retrasado hasta las 6 en punto. El conductor todavía está en *camino*."

Billie y Austin encuentran un cubículo vacío en la vitrina de la pared y colocan su música y sus pertenencias.

"En ese caso, daré un paseo un rato por el festival" decide Billy. "¿Quieren venir?"

Austin niega con la cabeza, "No. Tengo que repasar esta parte de la música que parece que no puedo dominar."

"Bueno. Volveré pronto. Estarás genial esta noche. No te preocupes."

Fuera de la sala de conciertos, varios pasillos de exhibiciones y cabinas colorean el patio del campus, lo que se suma al ambiente del Festival de Arte de la universidad de Port Avalon. Billie toma un bocadillo rápido y una bebida de uno de los quioscos de comida y los consume mientras pasea. Una tienda le llama la atención.

"Lecturas de cartas del tarot por Dorinda" el letrero dice: "Los buscadores de la verdad son bienvenidos."

"Umm. Por qué no. Tengo unos dólares para gastar."

Billie tira de la cortina de terciopelo falso de la tienda y entra. La música de flauta, campanillas de viento y celeste infunden al aire una etérea ligereza. Una pequeña mesa cuadrada está cubierta con un paño rojo rubí, varias barajas de cartas y una intrigante bola de cristal que parece brillar con vida.

"¿Hola? ¿Hay alguien aquí?" Billie se pregunta dónde podría estar la gitana o quien sea que esté a cargo. La carpa es tan pequeña como un armario.

Como una aparición se presenta, vestida con un hermoso caftán azul y una hermosa bufanda dorada y roja que acentúa sus asombrosos ojos verdes.

"Soy Dorinda. Bienvenida. Por favor, toma asiento."

Billie obedece.

"¿Qué puedo hacer por ti hoy?" La voz de Dorinda es melódica y cadenciosa.

"Ummm, solo pensé por ahora, en un tipo de lectura general del tipo ¿cómo está mi vida?"

"¿Tienes algún problema o cuestión especial que te gustaría aclarar?"

Tan fascinada como se siente Billie con lo paranormal, sabe que algunos médium son falsos y tratan de extraer información de sus marcas haciendo preguntas que parecen ser benignas pero que son bastante reveladoras. Entonces, ella se protege.

"Tal vez puedas ver algo que yo no puedo."

"Bueno, comenzaremos con eso y tal vez salgan a la luz otros problemas más profundos."

Dorinda coloca tres mazos de cartas sobre la mesa, cada uno con diseños artísticos distintos y hermosos que denotan sus temas: cartas del Oráculo Místico inspiradas en dioses, diosas, ángeles y guías espirituales; cartas de energía vibratoria que denotan fuerzas positivas y curativas a través del arte impresionista y el Tarot Rider-Waite con brillantes dibujos de figuras y símbolos de Arcanos mayores y menores.

"Toma cada mazo por separado y baraja, luego coloca los mazos boca abajo en la mesa, uno al lado del otro."

Billie hace lo que se le pide.

Dorinda deja dos mazos a un lado y baraja el primer mazo sobre la mesa.

"Respira hondo y sin pensarlo dos veces elige las tres primeras cartas de cualquier lugar de la baraja y colócalas boca abajo."

Nuevamente, Billie hace lo que se le pide.

El ritual se repite con las otras dos barajas hasta que se colocan nueve cartas sobre la mesa, en tres hileras.

"Esto es un montón de barajar" bromea Billie.

"Hacemos esto para que sea tu energía la que esté en las cartas y no la mía. Ahora elegiré una tarjeta de cada fila para darte una idea de quién eres y de lo que está sucediendo en tu vida."

Dorinda le da la vuelta a la carta 1.

"La carta del Juicio. Eres una persona de buenas intenciones, bastante motivada y crees que puedes hacer cualquier cosa que te propongas."

"Oh eso es bueno. ¿No es así?"

Dorinda sonríe ante la incertidumbre de Billie.

"Veo en la segunda carta, La Luna, que tienes un espíritu impulsivo y eres bastante independiente."

"¿No lo son todas las mujeres en estos días?"

"No todas," comenta Dorinda. "Pero también eres voluble y a veces, muy difícil de conocer. Por otro lado, eres misteriosa, lo que aumenta tu encanto. Esto puede ser beneficioso ya que recientemente has tenido una relación romántica con un hombre nuevo. O podría ser la ruina de una relación."

Una de las cejas de Billie se levanta, su antena ahora está atenta.

"Ustedes son polos opuestos," continúa Dorinda. "Es un poco mayor que tú, bastante disciplinado y sirve a su país, mientras que tú eres respetuosa con él, pero totalmente antibelicista."

La mandíbula de Billie se abre. "Cómo lo hizo...?"

"¿Es correcto?"

"Sí, tengo que admitir que está en lo cierto."

"Ahora, la carta del Ermitaño muestra que ahora mismo están separados por la distancia, pero no por mucho tiempo. Regresará y renovarán su amistad. Pronto se volverá bastante fuerte. Pero veo algunos obstáculos, unas fuerzas muy poderosas contra esta unión por la que debes luchar."

"¿Luchar contra quién? ¿Cómo?" Sorprendentemente Billie siente que se está desarrollando una confianza por esta mujer que posiblemente podría determinar su futuro.

"Veamos." Volviéndose hacia su bola de cristal, Dorinda mueve sus manos con ligereza y elegancia sobre el orbe, absorbiendo su energía etérea.

Finalmente, pronuncia: "El tiempo resolverá todas las cosas."

"¿Eso es todo?" Billie contesta bruscamente. "¿El tiempo resolverá todas las cosas? Tengo una relación supuestamente excelente con un hombre que, si tuviera algún sentido común, la evitaría y hay fuerzas muy poderosas que se interponen en el camino. ¿Cómo se resolverá? ¿Cuándo?"

"Veo que la paciencia no es una de tus virtudes" responde Dorinda, pacientemente. "El destino tiene su propio horario. Bueno, mi tiempo contigo se acabó, querida."

"Pero tengo tantas preguntas. No puedes parar ahora. Quiero verte otra vez. ¿Cuánto tiempo estarás aquí?"

Dorinda se pone de pie para señalar el final de la lectura y toma la mano de Billie entre las suyas. "Mientras me necesites, estaré aquí."

El calor y la fuerza de la mano de Dorinda palpita a través del cuerpo de Billie, sorprendiéndola con su poder.

Billie sale de la tienda, pero la sensación de la esencia de Dorinda aún persiste, incluso cuando Dorinda la Misteriosa se desmaterializa en la bola de cristal.

CAPÍTULO TRES

Billie cuenta los días en el calendario. Cuando supera los 45, entra en pánico.

"Oh, mierda. Oh, maldita mierda" se queja. "No, no, no. No puede ser."

El embarazo no está en su agenda en este momento de su vida. Y no hay manera de comenzar una relación con un hombre tan convencional como Isaac Nickerson, sobre todo porque ella e Isaac ni siquiera durmieron juntos esa noche mágica.

Al haberse sentido irritada y rechazada por un hombre con el que solo había pasado unas pocas horas y que se había resistido a su seducción autoindulgente, sucumbió tontamente a una aventura borracha con el cantinero del bar, que debió poner algún tipo de afrodisíaco en su bebida. Nunca podrá decirle a Isaac lo idiota que era.

¿Que estoy pensando? se amonesta a sí misma. Han pasado casi seis semanas e Isaac todavía no ha regresado de D.C. Ha llamado solo una vez y lo único que dejó fue un mensaje de voz vago. *Quizás no regrese en absoluto. Entonces nunca lo sabrá.*

No tendré que decírselo. Puedo manejar esto sola, si tengo que hacerlo. Si. Lo haré sola.

LA SERIE de conciertos de verano de Port Avalon bajo las estrellas ha atraído a una multitud que se mantiene de pie. Se presentan los músicos locales más talentosos y dotados, con Billie como intérprete estrella. Un aplauso atronador la recibe cuando sube al escenario y se sienta en el reluciente Steinway blanco.

Billie sabe que es mejor no dejar que sus emociones nublen su enfoque por la música. Toda la atención, toda la energía debe estar centrada en el teclado, en la página, en el significado divino de la Sonata *Moonlight* de Beethoven.

Cuenta la leyenda que cuando Beethoven tocó la Sonata en público, su pérdida de audición ya estaba en sus etapas avanzadas, por lo que se sabía que la tocaba más fuerte de lo que normalmente lo haría. No así los pianistas que lo siguieron e hicieron de la Sonata *Moonlight* un clásico romántico atemporal.

Incluida Billie. Al principio de sus estudios aprendió que ser un pianista artístico es sentir que una brisa entra por una ventana para hablar con tu música y se posa suavemente en tus dedos mientras tocas. Desarrollar un enfoque láser en una composición es conocer una soledad que se llena de belleza. Creer que cada interpretación representa una nueva canción para el universo, la armonía de los ángeles que puede alterar la conciencia celestial.

Parado en una colina, fuera de su campo visual está Isaac, que escucha con todo su ser; las lágrimas caen silenciosamente por su rostro ante el esplendor de su actuación. Entonces sabe que Billie está destinada a ser parte de su vida, su único amor:

su razón de ser. Ella es su canción. ¿Pero podría él alguna vez ser el de ella? ¿Es digno? ¿Podría él darle algo parecido a lo que le da su música? ¿Fue esa primera noche en que se conocieron solo un sueño, una fantasía? ¿Debería haberse aprovechado del evidente calor sexual entre ellos y una vez invitado a su dormitorio, aprovecharse de su desenfrenada alegría?

La asignación de Isaac en Washington, D.C. lo había enviado inesperadamente a países devastados por la batalla para recuperar a las víctimas heridas, en su mayoría niños y llevarlos de regreso al barco para recibir tratamiento médico. Ser testigo de los horrores de la guerra, lo impactó más que nunca y las palabras de Billie seguían resonando en su cabeza. A pesar de lo orgulloso que estaba de servir a su país, Isaac se dio cuenta de que ya no podía ser parte del problema; quería ser parte de la solución, encontrar otra forma de servir. Y quería que Billie estuviera a su lado, que fuera su brújula moral. Pero él se había ido seis semanas y la había llamado solo una vez en todo ese tiempo.

Tal vez ni siquiera quiera verme. El pensamiento lo desanimaba. *Tal vez ha encontrado a alguien más.*

Sin embargo, está obligado y decidido a volver a conectarse y ganarse su corazón. Cortejar a Billie Nickerson será complicado. Ella no es alguien a quien maltratar. Se lo tomará con calma, le presentará las cosas que ama, se abrirá por completo a ella y se arriesgará a que ella vea en él a un hombre que le dedicará su vida pero que también la dejará avanzar a su propio ritmo.

Billie contesta el teléfono con voz agitada. Espera que no sea ese cantinero que sigue intentando volver a reproducir su enamorada aventura de una noche. Sorprendida de escuchar su voz, la voz de Isaac; ella tartamudea: "Oh, oh, eres tú. No esperaba tener noticias tuyas de nuevo." *No, me moría por saber de ti nuevamente, ¡típico hombre que dice que llamará y luego no lo hace!*

"Lo siento mucho, Billie. Estaba en una misión que no permitía llamadas telefónicas personales. Pero pensé en ti todo el tiempo que estuve fuera. ¿Me perdonarás lo suficiente como para verme, tal vez para tomar un café o un trago?"

"Bueno..." Ella quiere hacerse la difícil, pero fácil para perdonar. "Estoy bastante ocupada estos días con ensayos y cosas así. Pero creo que puedo encontrar algo de tiempo para reunirnos. Solo para un café, eso sí."

Billie cuelga el teléfono agradeciendo a su estrella de la suerte que no está embarazada. Solo atrasada por un período. No es la primera vez que la naturaleza interrumpe el ritmo de su cuerpo, lo que; para una niña cuya vida gira en torno al tiempo y al tempo, parece un defecto físico ilógico. Pero si hubiera sucedido lo impensable, interrumpir el embarazo sería su única opción.

Las crípticas premoniciones de Dorinda sobre los obstáculos en su relación con Isaac la hicieron reflexionar sobre su destino si se hacía un aborto. ¿Tendría que mantenerlo en secreto para siempre? ¿Podría hacerlo? ¿O se quebraría bajo la presión y se lo confesaría a Isaac con un espíritu de plena revelación, dando así ímpetu a las poderosas fuerzas de las que advirtió Dorinda que los destrozaría?

No, decidió; los dioses no habían querido que ella diera a luz al bebé de un cantinero mujeriego, concebido en un momento de lujuria irresponsable. Así que habría concertado una cita con una clínica. Afortunadamente, no tuvo que hacerlo.

Durante los meses siguientes, Billie e Isaac disfrutaban de citas, películas y conversaciones intelectuales fáciles. Pero luchaban y debatían constantemente. *Ella* dudaba en tomarse en serio a un hombre que dedicaba su vida a las fuerzas armadas, incluso si era tan solo para construir barcos y *él* no podía entender su implacable acritud hacia las fuerzas armadas, contra los hombres y mujeres que sacrifican tanto por su hogar y su país. Hasta que un día Billie explotó de rabia reprimida por una terrible pérdida personal.

"En ese entonces ella era una niña idealista e impresionable. ¿Qué sabía ella realmente de todo eso? Mi propia hermana, asesinada a tiros por guardias armados que disparaban contra estudiantes que protestaban contra la guerra" despotricó Billie. "Anarquistas violentos se infiltraron en el grupo pacífico y ella quedó atrapada en la refriega y la mataron por ello."

Así que eso es. La raíz de su angustia. Isaac siente empatía por su dolor, porque perdió a su propio hermano por una mina en un rincón de la tierra abandonado por Dios. *¿Qué sabía él de la guerra? Era solo un niño...*

La muerte de su hermana inspiró a Billie al pacifismo. Fue la muerte del hermano de Isaac lo que confirmó su compromiso con la Marina. Ahora las cosas parecían teñidas de gris, ya no en blanco y negro. Pero él y la mujer de la que se estaba enamorando todavía estaban muy separados en este tema.

"Billie, si esta relación va a funcionar, tenemos que acordar estar en desacuerdo sobre algunas cosas. Construyamos sobre las cosas en las que estamos de acuerdo."

"Tienes razón, Isaac. Avanzemos y nunca miremos atrás. Quiero una vida completamente nueva contigo, nuevas experiencias, nuevos recuerdos."

"Conozco el lugar perfecto para empezar."

CAPÍTULO CUATRO

La primera experiencia de navegación de Billie en el elegante velero de Isaac la emociona. No ha estado en el agua desde que era una niña y nunca en un barco tan hermoso. El viento en su rostro, la vigorizante bruma de agua salada son sensaciones de lujo que le dan nueva vida a su alma. Algo misterioso y grandioso le está sucediendo y todas sus ideas rígidas sobre la vida, la política y la identidad de clase se esfuman con la brisa.

En segundo lugar, a la emoción de navegar con Isaac, está el sentimiento de veneración cuando visita la casa de los Nickerson. La estructura en sí, una imponente construcción victoriana, toda blanca con un techo rojo brillante y persianas, es una casa con la que Billie solo podía soñar cuando era niña. Subir los escalones que conducen a la puerta principal la llena de anticipación y algo de pavor. Ella también proviene de una familia de marinos, pero ninguno tan estimado como el clan de los Nickerson.

Al echar un vistazo al salón, Billie realmente puede ver la historia de la casa. Está lleno de antigüedades funcionales, muebles resistentes pasados de generación en generación y que todavía se usan con orgullo. Objetos de recuerdo y artefactos artísticos, recopilados durante siglos por la familia Nickerson en el negocio del diseño de barcos de vela, se alinean en los estantes de madera de roble del frente y sobre las superficies de las mesas de caoba.

Un impresionante escudo de armas de Nickerson cuelga con orgullo sobre la chimenea. La cresta es azul, con dos barras de armiño y sobre un águila plateada hay tres soles de oro.

"El lema de la familia: *Per castra ad astra*, significa *A través del campo hacia las estrellas*" le dice Isaac.

"Estoy asombrada" dice Billie. "Humillada, en realidad, por ti y tu familia."

Ahora, sonando como un curador de museo, Isaac continúa diciendo: "El nombre Nickerson es un antiguo apellido anglosajón que proviene del nombre personal Nicholas. La forma latina de este nombre era Nicolaus y se derivó del nombre griego *Nikolaos,* que se deriva de las palabras *nikan*, que significa "conquistar" *y laos*, que significa "pueblo" sin embargo, el nombre se recuerda mejor por una corrupción estadounidense de este nombre: Santa Claus."

Billie no puede evitar reírse de su humor poco común. "Oh, Isaac. Gracias por intentar hacerme sentir cómoda. Amo a Santa Claus. Quiero decir, ya sabes; el simbolismo..."

Sí, se está enamorando de él, se admite a sí misma: su sólida fuerza, su comportamiento pragmático, un caballero alto, moreno y apuesto sobre un corcel blanco, todo lo contrario de su personalidad voluntariosa.

Caminan por la casa y Billie siente calidez y brisa fresca. Inquietante. Isaac dice que es solo el aire cambiante del mar, pero la sensación espeluznante la sigue como una sombra.

Desde una terraza del segundo piso en la parte trasera de la casa, Billie puede ver el cementerio familiar. Un siglo de generaciones están enterradas allí, a pocos pasos de un acantilado que se adentra con orgullo en el océano. Cerca, una gran extensión de terreno se encuentra todavía intacta, esperando pacientemente a que lleguen los Nickerson faltantes. Sobre la valla de estacas blanca que bordea cuidadosamente el cementerio, el oleaje del océano se arremolina y salpica contra el malecón, formando un remolino de emociones en conflicto.

Billie está encantada con la casa y su proximidad al océano. Su abuelo y su padre habían trabajado en los muelles de pesca y los astilleros, junto a un río en el norte del estado, mientras ella vivía en un vecindario de cemento de pared a pared y autopistas asfaltadas, con apenas un parque lleno de árboles y mucho menos el mar abierto. Poder venir a Port Avalon para estudiar en serio música en el conservatorio, fue un soplo de aire fresco, aire marino y eso la animó. Y ahora, esta casa; este hombre, esta vida de fantasía estaba a su alcance.

"Continuar con el legado de mi familia es una de las razones por las que quiero ser diseñador de barcos" explica Isaac, devolviendo a Billie a la realidad, "para traer todas sus innovaciones históricas a la era moderna."

"Puedo entender eso ahora que he visto esta maravillosa casa, tan llena de recuerdos y riquezas del pasado."

"Esta también puede ser tu casa" sugiere Isaac. "Necesita el toque de una mujer moderna, así como su música impresionante."

"¿Qué estás diciendo, Isaac?"

Te pido que te cases conmigo, Blanche Donovan. Para convertirte en Blanche Nickerson."

Blanche Donovan. Se encogía cada vez que alguien la llamaba así.

"Cuando era pequeña, constantemente se burlaban de mi nombre. Blanche. Es algo que le haces a una olla de verduras hasta que se les cae la piel."

"Pero Blanche también significa blanco y brillante, como una luz pura de inspiración" sermonea Isaac.

"Todavía no soy un ángel." Su amplia sonrisa revela dientes levemente imperfectos y hoyuelos infantiles. "Billie es más como yo. La buena de siempre Billie Donovan."

"Entonces cásate conmigo Billie Donovan."

"Pero todavía estás en la Marina. ¿Qué pasa si se te asigna a otra ciudad u otro país? ¿Y luego qué?"

"En realidad, mi periodo de servicio termina en unos meses. Volveré a Port Avalon de forma permanente y esta casa siempre será mi hogar. Quiero que la compartas conmigo. ¿Qué dices?"

Aturdida y desprevenida, todo lo que Billie pudo decir fue: "Yo... yo... no sé..."

"Llevamos saliendo casi un año, Billie. ¿Qué pasa? ¿Tienes reservas sobre mi? ¿Hay algo que quieras saber? ¿O hay algo que no me estás diciendo?"

Sí, tuve una aventura con un cantinero mientras no estabas y pensé que estaba embarazada, quería tener un aborto, pero gracias a Dios no tuve que hacerlo. Esa pequeña información quedará sin decir para siempre.

¿Y qué pasa con esos sueños y visiones aterradores sobre un niño que la sigue como una sombra que ha salido de la nada y está con ella constantemente? ¿Son solo el producto de su culpa? ¿Y por qué debería sentirse culpable por algo en lo que solo pensaba? ¿Cómo es posible que ella pueda compartir este extraño comportamiento con Isaac y que él siga pensando que está cuerda?

"Reservas sobre ti, no; pero sí sobre mí. No estoy segura de qué podría ofrecer a este matrimonio, si soy lo suficientemente madura o lo suficientemente digna para tener todo esto y a ti también. Creo... oh, Dios mío. Tengo que consultar con mi psíquica." Billie rompe la seriedad con una risa nerviosa.

"¿Consultar con tu... psíquica? Uh, estás bromeando. Ese ingenio tuyo siempre me desconcierta."

"¿Retirarías tu propuesta si te dijera que creo en los psíquicos y las cartas del Tarot y demás?"

"¿Te refieres a los adivinos?"

"Bueno, algo así. Quiero decir que nadie puede predecir realmente el futuro, pero tal vez puedan decirnos qué tipo de suerte o providencia experimentaremos. En cierto modo, nos da una idea y un poco de esperanza."

"La única esperanza que tenemos es trabajar duro y aceptar nuestro destino en la vida. No hay amuletos que nos protejan del daño, ni talismanes que nos traigan buena suerte. Pero si y quiero decir, *si* existen tales cosas, entonces eres mi amuleto de la buena suerte. Y te necesito."

Ella se acurruca profundamente en sus brazos, sintiéndose segura y protegida. Sin embargo, algo inquietante todavía tiembla dentro de ella. Las advertencias de Dorinda, el sentimiento fantasmal que la sigue por todas las habitaciones, el miedo a que algún poder siniestro los destroce, la hace dudar.

Detiene a Isaac diciendo: "Necesito un poco más de tiempo." Y así, Billie decide que debe tener otra lectura de cartas.

Con prisa como en una misión, Billie encuentra el camino de regreso a la tienda donde Dorinda le leyó las cartas por primera vez. Sin embargo, está desesperada al descubrir que Dorinda no está allí. Una lectora de cartas diferente se sienta en silencio a la mesa con mazos de cartas y la bola de cristal a su alcance.

"¿Dónde está Dorinda? Realmente necesito verla. Ella me conoce."

Está bien, querida. Todos estamos interconectados aquí.

Todo lo que hayas obtenido de las lecturas de Dorinda será evidente en mi lectura de hoy."

Vacilante, pero también desesperada por encontrar claridad, Billie está de acuerdo. "Estoy teniendo sueños extraños, visiones también. Y me asustan."

"Bueno, entonces primero usemos algunos cristales curativos para calmarte, así tendremos un canal claro." La mujer sin nombre, de rostro amable y comportamiento alegre, presenta unos cristales grandes y rodea las cartas del Tarot con ellos. Hay piedras de color azul oscuro, rosa, blanco y verde de formas y tamaños únicos, todas destinadas a aportar una tranquilidad meditativa al estado de ánimo de Billie.

La mujer sin nombre elige un mazo de cartas y las baraja, coloca algunas delante de Billie y luego les da vuelta una por una.

"El Arcángel Gabriel. Él es el ángel de la comunicación y las artes, que te inspira en búsquedas creativas. Entiendo que eres una pianista talentosa."

"Yo... sí, lo soy" responde Billie con humildad. Sus ojos se abren de par en par involuntariamente. "¿Cómo lo supiste?"

"Está todo en las cartas, querida. Tus cartas."

"Oh. Claro."

"Este talento te servirá bien en el futuro."

"Yo espero que sí. Quiero tocar profesionalmente, en una sinfónica algún día."

"Quizás. Pero parece girar en una dirección diferente a la que aspiras."

"No estoy segura de que eso me guste" dice Billie.

"El Arcángel Gabriel también guía a los padres esperanzados en la fertilidad y la concepción de un hijo."

Billie jadea. "¡Sí! Las visiones son sobre un niño... pero no están claras. No sé qué significan los sueños. Tan solo me asustan."

"Tu talento musical te servirá bien aquí. Y tu hijo, cuando llegue, también estará dispuesto, porque tú se lo enseñarás a esta nueva alma. Es vital que lo hagas. Incluso desde fuera del útero se nutren las vibraciones musicales. Gabriel estará allí para guiarte sobre qué hacer."

"Dios, eso espero. Necesitaré toda la ayuda que pueda conseguir."

"Ah, cuidado" la mujer revela la siguiente carta. "A veces eres impulsiva y rápida para actuar o reaccionar."

Sí, como esa aventura que estoy tratando de olvidar. Billie se estremece al pensarlo.

"Pero ahora, te sientes reacia a seguir adelante con una decisión, una muy seria, al parecer."

"Sí. El hombre que estoy viendo quiere casarse conmigo. Y yo quiero casarme con él. Pero estos sueños me hacen sentir aprensiva, como si algo lo arruinara."

"Simplemente respira y cuando tomes tu decisión, todos los interesados prosperarán."

"Ja. ¿Así nada más?" Billie chasquea los dedos. "Lo siento" se disculpa por ser descarada. "Pero no puede ser tan simple."

"Tómate el tiempo para considerar completamente la situación, ve con pequeños pasos y pronto encontrarás que las cosas encajan en su lugar."

"Sí, le dije que necesitaba más tiempo."

"Entonces usa el tiempo sabiamente."

Billie está perpleja. "¿Cómo voy a hacer eso?"

"Esta carta, la carta del Conocimiento, dice que pongas atención en lo que escuches y actúes de acuerdo con los mensajes que recibas. Ellos te guiarán en el viaje al que estás destinada."

Billie resopla exasperada. "Todo esto es tan críptico. Simplemente no estoy tan evolucionada en cosas metafísicas. Si voy a tener toda esta ayuda, todas estas guías, ¿por qué tengo tanto miedo, tanto pánico?"

"Saquemos una carta de una baraja diferente."

Billie grita cuando se le da la vuelta a la carta de la Muerte. "Oh, Dios mío. ¿Qué significa eso? ¿Voy a morir? ¿Mi hijo va a morir?"

"Pronto tendrás un sueño o quizás una aparición, en la que alguien o algo amenaza con hacerte daño, incluso matarte. Intentarás escapar o defenderte."

"¡Matarme! ¿Por qué? ¿Qué he hecho?"

La lectora ahora está tranquila, sopesando sus palabras con cuidado. "Tanto tú como tu hijo están en peligro. No es inminente, pero se cierne como una nube negra."

"¿Peligro? ¿Qué tipo de peligro?" Billie ahora está hiperventilando, a pesar de estar rodeada de música curativa y cristales. "Elige otra carta. ¡Por favor!"

"Tu última carta, El Carro. Tu hijo se enfrentará a un gran peligro, pero su vida también será heroica. Él..."

"¿De qué estás hablando? Ni siquiera es real. No puedo decir si en mis visiones es una niña o un niño, ¿es un él?

"Sí."

Billie está encantada de saber que algún día podría tener un hijo, el hijo de Isaac. Será fuerte y sabio como su padre. Pero luego recuerda la parte del peligro y sus emociones estallan pidiendo una aclaración.

"Tu hijo poseerá algo que otros codician y por lo que están dispuestos a morir y matar."

A través de sus lágrimas, Billie suplica: "¿Qué podría poseer? ¿Qué *poseerá* que sea tan siniestro? ¿¡Un sonajero dorado, por el amor de Dios!?"

"Todavía no tengo clara la profecía. Este es un momento en el futuro lejano, pero siento que será algo de gran importancia para él, su familia y quizás el mundo."

Abrumada, Billie intenta desmentir la premonición y se levanta para irse apresuradamente. Pero como advertencia de despedida, la mujer sin nombre le ruega a Billie que preste atención a sus palabras, que tome el Tarot en serio.

Después de que se cierra la cortina detrás de Billie, la mujer sin nombre se vuelve hacia la bola de cristal donde reside el holograma de Dorinda y le habla.

"¿Dorinda, estamos seguros de que esta chica está a la altura de los desafíos que enfrentará?"

"Luchará y se resistirá" admite Dorinda "y los espíritus oscuros la llevarán al límite. Pero si se enfoca en el resultado final, el destino de su hijo; prevalecerá. Ella tiene un rasgo personal que puede transmitir a su hijo, uno que compartirán a lo largo de muchas vidas: su don musical divino y su capacidad ilimitada para elevar y cambiar la conciencia de la humanidad."

"Pero no cualquier música, supongo."

"No. No cualquiera." Dorinda es enfática en este punto. "La música del alma. Pocos pueden oírla, pero su hijo sí. Él debe hacerlo."

"Esto es una locura" se dice Billie mientras trata de aceptar la advertencia de la lectora de cartas del Tarot sin nombre, sobre un hijo que aún no ha sido concebido y sobre el siniestro destino que le espera.

"Solo tengo que cambiar mi pensamiento hacia algo racional. Tal vez al amar a Isaac adopte su forma sana de ver la vida. Quizás eso es lo que necesito. Alguien racional. Alguien que pueda convencerme de todas estas tonterías premonitorias."

CAPÍTULO CINCO

Como regalo de bodas y como una forma de darle su toque personal a la casa de los Nickerson, Billie le regala a Isaac una campana marinera, un símbolo de la unión de sus dos familias. La campana provenía de un barco que su padre y su abuelo ayudaron a construir. "Qué increíble coincidencia que tu familia estuviera en el negocio de la construcción naval" comenta Isaac, admirando el tesoro antiguo.

"Sí, ellos estaban en eso. Pero no tan prósperos como tu familia. Los barcos de pesca eran su especialidad, pero eran bastante dignos para navegar y navegaban a muchos puertos exóticos."

Mientras Billie pule la campana de bronce hasta darle un acabado reluciente, recuerda todas las emocionantes aventuras de las que habló su padre. Puede fingir que él todavía está vivo, meciéndose en su silla favorita junto al resplandor crepitante de la chimenea con su devota madre sentada a un lado. Y ella puede fingir que él no perdió su negocio ante un pirómano que quemó su astillero hasta los cimientos, y a sus padres en él.

En la víspera de su boda, Billie se encuentra en una hermosa suite de habitaciones en el tercer piso vistiéndose para la cena de ensayo. Quería diseñar y coser el vestido ella misma, pero siendo un fracaso como modista, ir de compras fue su única opción y mucho más divertida. Se alisa el vestido azul turquesa sobre sus delgadas caderas, sintiéndose como una belleza de una época pasada. El diseño antiguo tiene un corpiño con paneles de encaje repleto de hermosas cuentas decorativas, sobre una falda adornada que se arremolina y se desliza hasta la rodilla. Las anchas tiras con cuentas del corpiño abrazan los hombros suaves de Billie. No es de extrañar que se sienta lista para bailar toda la noche.

Al admirar su imagen, Billie gira al ritmo de la música imaginaria, tarareando su vals favorito. De repente y de forma impactante, una imagen aparece detrás de ella en el espejo, fantasmal; no de hombre o mujer y el fantasma hace que Billie se detenga a mitad de un giro. Aterrada, retrocede apresuradamente y casi tropieza con la otomana a los pies de la cama. Se agarra al poste de la cama e intenta esconderse detrás de él. Su grito es solo un nudo en la garganta que la amordaza y la hace callar.

"Existe un grave peligro si te casas con Isaac Nickerson." La voz parece venir de la nada, ciertamente no de la aparición no identificable que se cierne ante ella. Ahora está encima de ella, por debajo e incluso dentro de su cabeza.

"Eso es todo" se dice a sí misma. "Solo escucho una voz en mi cabeza. Eso es. No hay nadie aquí. No hay nadie aquí. ¡Vete!" ella le ordena al espíritu. "Tú no estás aquí. No perteneces aquí. La imagen desaparece ante su firme orden, como si un interruptor de luz la hubiera apagado de repente.

Billie está conmocionada hasta la médula. Tiene las manos

y la frente sudorosas de miedo. Su corazón se acelera violentamente y siente la humedad acumularse dentro de su hermoso vestido. Corre al baño, se baja las tiras de los hombros y se moja el pecho y las axilas con agua fría. Con delicadeza, para no alterar su maquillaje, se seca el sudor de la cara y la línea del cabello. Con firmeza, disminuye su respiración a la normalidad.

"Contrólate, Billie. Están llegando los invitados. No quieres que piensen que estás loca de atar."

La música festiva de violín, violonchelo y flauta, interpretada por los colegas musicales de Billie, emana por toda la casa; complementando la naturaleza de celebración de la inminente boda de Billie Donovan e Isaac Nickerson.

Abrazos y besos alegres y amistosos la reciben mientras baja las escaleras y Billie siente que se tranquiliza al apreciar el momento. Al ver a una mujer intrigante al otro lado de la habitación, Billie se acerca a ella y se presenta.

"Oh, sí. Sé quién eres" dice Dorothy con una sonrisa amable. "Isaac me ha enviado algunas fotos de ustedes dos."

"Oh, qué bien" responde Billie, pensando que es solo una amiga de su futuro esposo. "Te ves muy familiar, exótica en cierto modo, pero con tu hermoso cabello blanco, no eres asiática ni nada, pero te pareces a una lectora de cartas gitana que conocí en el festival de Port Avalon el verano pasado. Quiero decir, no es que estés vestida como ella, sino que son tus ojos verdes y tu aura..." Billie divaga, sintiéndose como una idiota que deja que palabras estúpidas salgan de su boca.

"¿Oh, en serio?" Dorothy está realmente divertida. "¿Visitas adivinos? Está bien, querida. Yo también. Y a veces me visto elegante para los festivales de Port Avalon y trabajo con cristales para dar lecturas. Por supuesto, no tengo poderes de previsión. Es solo porque es muy divertido. Algo que adopté en uno de mis viajes por el Mediterráneo."

Isaac se acerca. "Veo que has conocido a mi hermana, Dorothy."

"¡Tu hermana! Oh, genial. Debes pensar que soy una chiflada."

Isaac está desconcertado. "¿Qué pasó?"

"Nada, solo charla de chicas. Es un placer conocerte, Billie. Debería haberme presentado." Dorothy toma la mano de Billie entre las suyas.

La energía de la mano de la mujer sobresalta a Billie y mira fijamente, con la boca abierta, con un sentimiento familiar.

"Dorothy acaba de regresar de otra de sus excursiones a una tierra lejana" informa Isaac, regresando a Billie al aquí y al ahora.

"Oh, eres una viajera del mundo." Billie comenta benignamente, tratando de sonar normal.

"En realidad, soy una excavadora."

"¿Una qué?"

"Hago excavaciones arqueológicas con algunos historiadores que siguen la corriente de su no tan científica amiga chismosa. Busco amuletos y tesoros para traer a casa."

"Rocas" Isaac acusa a Dorothy. "Simplemente rocas viejas."

"Como puedes ver, mi hermano no tiene tiempo para esas cosas. Pero está muy apegado al reloj de bolsillo de nuestro padre. Cree que le trae buena suerte."

"Eso es diferente. Es una reliquia familiar con mucha tradición detrás" responde Isaac. "Esta leontina es la única reliquia que padre pudo dejarme después de años de dar su sangre, sudor y lágrimas a *Fischbacher Shipping*. Me gusta, pero ciertamente no lo considero una pieza de suerte, en lo más mínimo."

"¿*Fischbacher Shipping*?" interviene Billie. "¿Donde acabas de firmar como diseñador?"

"Sí, de hecho" dice Isaac. "Es el único lugar de la ciudad

que tiene los medios para construir el tipo de barcos que quiero diseñar."

"¿La empresa de Nathan Fischbacher?" Dorothy hace una mueca. "Seguramente no tenías que recurrir a esa serpiente para trabajar, Isaac."

"Gracias por los buenos deseos" Isaac no intenta ocultar su decepción.

"Oh, Isaac. Por supuesto, te deseo lo mejor. Él tiene suerte de tenerte. Pero dile que si se mete con mi hermano, tendrá que lidiar conmigo."

Isaac besa a Dorothy en la mejilla y se disculpa. "Lo siento, pero tengo algunos invitados que atender. ¿Vienes Billie?"

"Estaré contigo en un momento, Isaac. Quiero estar con Dorothy unos minutos."

"¿Qué es esto de Nathan Fischbacher?" Billie pregunta con preocupación después de que Isaac se aleja. "¿Por qué te desagrada tanto?"

"Es una larga historia, pero ha habido rencor entre nuestras familias durante años. Más de una vez el padre de Nathan y el nuestro se pelearon con uñas y dientes sobre el puesto de la industria en Port Avalon. Pensábamos que cuando el viejo Fischbacher estiró la pata, las cosas serían diferentes. Pero es hijo de tigre pintito y Nathan hijo demostró ser tan egoísta como Nathan padre."

"Entonces, ¿por qué Isaac querría trabajar para él?"

"Bueno, es como él dijo" explica Dorothy. "*Fischbacher Shipping* es la única alternativa en la ciudad e Isaac nunca dejaría Port Avalon para trabajar en otro lugar."

"Tengo fe en Isaac" dice Billie "y estoy segura de que tú también. Así que ambas cuidaremos de él."

"Puedes apostar que lo haremos. Y no estaría de más recurrir a mis propios amuletos de buena suerte de vez en cuando." Ambas se ríen, aliviadas.

"Entonces, ¿trajiste alguno esta vez?" La curiosidad de Billie por lo oculto ahora resurge. "¿Algún tesoro nuevo o un amuleto?"

"Sí, unos cristales; muy poderosos. Cuando tengas tiempo, te los mostraré."

Billie no puede creer que esté dispuesta a soportar toda esta pompa y circunstancia. Después de todo, acaba de salir de su fase bohemia, su personaje de niña de las flores, de la que Isaac se enamoró. ¿Solo está de acuerdo con esta gran explosión de boda para complacerlo o realmente está disfrutando de la elegancia y la historia de todo?

Siguiendo el consejo del organizador de bodas más codiciado de la ciudad, Billie aceptó un tema de boda acorde con el encanto de la casa victoriana de los Nickerson, mientras que al mismo tiempo rindió homenaje a la ciudad costera de Port Avalon. Isaac había dicho que la casa necesitaba el toque de una mujer y qué mejor momento para sacar el encaje antiguo y las tazas de té de porcelana, que el día de su boda.

Las invitaciones se hicieron en papel marfil liso y escritas con caligrafía. Este preludio del gran día insinuaba que los invitados asistirían a una boda en el jardín, sobre un césped extenso y bien cuidado realzado con enrejados cargados de fresias -y gardenias- y que las mesas de la cena de recepción estarían decoradas con porcelana con bordes dorados y delicados centros de mesa de capullos de rosa.

No quedaron decepcionados.

En un día veraniego de octubre, la música tradicional de la boda de un cuarteto de cuerdas de Mendelssohn presenta a la hermosa pareja mientras caminan por el pasillo hacia un arco nupcial adornado con flores, conchas marinas y banderas náuticas, con vistas al resplandeciente océano. Billie e Isaac del brazo disfrutan de las muestras de asombro y sorpresa de los invitados.

El vestido de Billie es un precioso corpiño de encaje Chantilly color crudo que cubre el tafetán azul rojizo. La falda de gasa que fluye con un dobladillo de encaje festoneado besa la parte superior de los zapatos de satén de Billie. Un velo suave y corto de tul azul con incrustaciones de perlas doradas cubre su cabello rubio dorado.

El uniforme blanco de Isaac para la cena está impecablemente planchado y plisado, como un tributo final a sus años de servicio que ahora terminan. Billie sonríe cuando se da cuenta de que la cadena del reloj de su padre cuelga desde el interior de la chaqueta corta hasta el bolsillo del pantalón.

"Pensé que no creías en los amuletos de la buena suerte" susurra Billie.

"Esto es diferente. Es el día de nuestra boda. Necesitamos toda la suerte que podamos."

En su bolso de novia de satén, Billie lleva algo prestado y algo azul: un cristal de lapislázuli que Dorothy le prestó. Su azul celeste profundo es el símbolo de la realeza y el honor, los dioses y el poder, el espíritu y la visión. Billie ansía tanto creer que el mito sobre la gema sea cierto, ya que ella y su futuro hijo necesitarán todo el poder divino que puedan reunir.

Alrededor de su cuello lleva un colgante de cristal rosa brillante que Dorothy le regaló porque lleva vibraciones musicales, tan apropiado para Billie. Algo viejo: un par de aretes de perlas doradas que pertenecieron a la madre de Isaac, legado hace mucho tiempo a Isaac para dárselo a su prometida como regalo de bodas.

Al final de una recepción animada, Billie lanza su ramillete de rosas rosadas sobre su hombro a una chica soltera feliz y chillona, luego ella e Isaac se despiden de los invitados. Arriba, se cambian y se ponen ropa adecuada para una noche de luna en el velero de Isaac.

Intentan restar importancia al hecho de que ambos son huérfanos sin un padre que presente a la novia y sin una madre que llore lágrimas de felicidad por "perder" a su hijo.

"Nos tenemos el uno al otro, Billie" dice Isaac con ternura a su nueva esposa. "Somos toda la familia que necesitamos."

"Por ahora" responde Billie. "Disfrutémonos el uno del otro." *Mientras podamos, piensa para sí misma. Hasta que la premonición se haga realidad: un hijo con dones para entregar al mundo y poderes por los que la gente querrá matarlo.*

CAPÍTULO SEIS

BILLIE SE DESLIZA POR LAS OLAS CON GRÁCILES BRAZOS, boca hacia arriba, haciendo brazadas de espalda a un ritmo meditativo. Es casi el crepúsculo, justo antes de que el sol se ponga por completo en el horizonte, su momento favorito del día. No hay un alma en la playa en este inusualmente cálido día de abril. Isaac está en el trabajo y lo estará por algunas horas más. Los vecinos han terminado su tarde de navegación y los barcos están atracados en el muelle, a decenas de metros de donde ella nada. Aunque está embarazada de seis meses, nunca deja de hacerlo ni un solo día y no lo hace nada más para mantenerse en forma, sino para darle a su hijo —sí, es un niño como se predijo— una afinidad con el océano, su poder y su serenidad.

Después de varios embarazos y abortos espontáneos, Isaac y Billie casi habían perdido la esperanza de tener un hijo. Decepcionado, Isaac se sumergió en su trabajo, tratando de que Nathan Fischbacher se dirigiera hacia la era futurista de la construcción naval y respaldara sus diseños innovadores. Está encantado de que el embarazo de Billie haya llegado tan lejos, pero se prepara para otro giro del destino.

El objetivo de Billie, de obtener un doctorado en música y un puesto dentro del Conservatorio de Música de Port Avalon, se ha hecho realidad. Pero a pesar de sus logros, en el fondo siente que los abortos espontáneos son su castigo por indiscreciones del pasado e incluso por considerar evitar que lo que podría haber sido un niño mágico tuviera la oportunidad de nacer. Racionalizando que estos niños no realizados ni siquiera estaban destinados a serlo, que el niño perfecto le sería enviado en el momento perfecto, abandona su culpa en un lugar tranquilo.

Ahora refrescada mentalmente y con cada músculo relajado y flexible, Billie se seca en la cabaña y se cambia de ropa. Dentro de la casa, en la espaciosa cocina, prepara una taza de té de jazmín y menta para sentir calma y luego se sienta al piano de cola junto a las puertas del jardín.

"Esto requiere algo de Chopin" decide y recurre a su pieza favorita, el *Nocturno opus 9 en Mi bemol mayor*. Le encanta el desafío de sus tonos y trinos elaborados y decorativos.

La pieza clásica inicia con una melodía legato, suave y fluida. Mientras la mano izquierda de Billie toca una secuencia ininterrumpida de corcheas en arpegios simples, su mano derecha se mueve con fluidez en patrones de siete, once, veinte y veintidós notas. El nocturno es de humor reflexivo, suavemente romántico, hasta que de repente se vuelve apasionado. Después de un pasaje parecido a un trino, la emoción disminuye y el nocturno, como está escrito, promete terminar con calma.

Con sus manos moviéndose hábil y elegantemente sobre las teclas, Billie está en un trance con su propia manifestación. No se ha perdido ni una nota de la melodía que parece flotar por encima de diecisiete compases consecutivos de acordes mayores en Re bemol mayor. Sin embargo, cerca del final del nocturno, sus dedos emiten un acorde que Chopin nunca había escrito. Billie dice un "Ay" al escuchar el error discordante.

"¿Que...?"

Ella corrige la digitación y pasa a lo siguiente, pero nuevamente el acorde que toca no es por su propia voluntad. Sus manos se ponen rígidas, sus dedos tienen espasmos. Suena una y otra vez un acorde tritono. Billie sacude los dedos y flexiona las muñecas, pensando que está más cansada por haber nadado que relajada. Perturbada pero decidida, respira profundamente para empezar de nuevo.

Pero en cambio, Billie grita, casi se cae del banco del piano y se vuelca la taza de té. Una macabra nube negra se cierne sobre el teclado. Tiene una voz, una voz espeluznante. "Te tengo ahora" se burla amenazadoramente y se ríe con malas intenciones.

Billie jadea y gime por la conmoción y el miedo. Lo intenta golpear como si fuera un insecto molesto y no deseado, pero su mano lo atraviesa. "¿Qué eres? ¿Quién eres tú?" Ella sigue tratando de golpearlo en vano.

"Soy tu lado oscuro, Billie. Todo el mundo tiene uno, incluso tú. No puedes escapar de mí, especialmente en tu música, porque estoy allí, en cada nota... en cada acorde tritono..."

"¿Por qué estás haciendo esto? ¿Te conozco? ¿Qué te he hecho? Por favor, dime."

"Lo descubrirás muy pronto, cuando dejes este pequeño y agradable capullo que has creado para ti misma y estés a merced de la muerte."

Billie se desliza del banco y se acurruca en el suelo en un esfuerzo por protegerse de un asalto inmerecido. "¿Qué? ¿Me vas a matar? ¿Por qué? Por favor, dime."

Esa risa amenazante llena la habitación de nuevo, tan fuerte que Billie se tapa los oídos para apagar el eco.

"Oh, no tengo que matarte. Lo harás bastante bien tú misma. Y la próxima vez que nos veamos comprenderás el infierno por el que me has hecho pasar."

Billie se pone de pie y sale de la habitación mientras la nube oscura se disuelve en sus orígenes. Sube corriendo las escaleras hasta su dormitorio, cierra la puerta con llave y se entierra bajo un montón de edredones, temblando de miedo.

"¿Qué dicen las cartas?" Billie histéricamente casi chilla, tambaleándose en el borde de la silla, arañando la mesa vestida de rojo. Está agradecida de que Dorinda haya regresado cuando la necesita más que nunca, como si la enigmática mujer supiera intuitivamente que su presencia es necesaria en ese momento crucial.

"Primero, te piden que estés tranquila, Billie. Tu aura es de un marrón fangoso, tu energía es espesa y oscura por la preocupación."

"¿Tranquila? ¿Cómo puedo estar tranquila cuando los fantasmas o las nubes negras o lo que sea que me persigue por la casa, están sentados en el teclado de mi piano, me aterrorizan? Apenas puedo tocar una nota musical sin que se vuelva discordante, creando sonidos que no están escritos en la página, ¡que Mozart o Chopin nunca escribirían y yo nunca tocaría!"

"Y esa es la clave para sobrevivir, recordar con tus ojos, tu mente, tus dedos, tu corazón; la música que saca la luz en ti y en el mundo y ahuyenta toda la oscuridad. Hay una razón por la que la música de los grandes Maestros ha perdurado. ¿No recuerdas que Mozart tenía sus propios demonios que casi destruyen su mente? Sin embargo, prevaleció al presentar la música de la Divinidad. Eso es lo que debes hacer. Lucha contra el lado oscuro. No tiene poder sobre ti a menos que tú se lo permitas."

"¿Pero por qué estoy tan aterrorizada? He estado tocando durante años y años y nunca tuve este presentimiento."

"Las cartas te han dicho lo que la vida tiene reservado para ti y tu hijo por nacer, los peligros y las recompensas y es un gran peso sobre tus hombros."

"Es más que un peso" se lamenta Billie. "No soy digna de esto, ¡dar a luz a un niño que debe ayudar a salvar el mundo! ¡No soy María, la Madre de Dios! Solo soy Billie Donovan."

"Querida" la tranquiliza Dorinda, tomando la mano temblorosa de Billie. "Todos somos simplemente Billie Donovan de una forma u otra. Pero cuando la vida nos ofrece un desafío, no podemos escapar. Debemos enfrentarlo de frente o nunca evolucionaremos, nunca encontraremos nuestro verdadero propósito en la vida. Tu desafío está más allá de lo que la mayoría de la gente tiene que enfrentar, porque la vida y el destino de otra persona está en tus manos. ¿Quién más le enseñará lo que debe saber para cumplir su destino? Solo tú, su madre. La mujer que lo ha conocido en muchas vidas antes y lo conocerá en muchas vidas después de esta."

"Pides demasiado." Billie apoya la cabeza entre las manos y solloza. "Pides demasiado."

"No soy yo quien lo hace, Billie. Es el alma dentro de ti quien ha elegido este camino y quien debe recorrerlo con tu hijo."

Con la ayuda de una gran jarra de té de manzanilla y sentada durante horas en difusas brumas de aceite de lavanda, Billie se decide por tocar suavemente en el piano solo las composiciones más curativas. Las obras de Johann Sebastian Bach calman y refrescan particularmente su psique, siendo sus favoritas los Conciertos de Brandenburgo.

Durante un tiempo, la vida de Billie vuelve a la normalidad. Puede respirar con facilidad. Sus estados de ánimo están más estables. Su tiempo con Isaac es dulce y reconfortante. Sobre todo, su música es su consuelo y recupera la autoridad sobre su técnica y talento.

Billie incluso compone música ahora y le toca a su hijo en el útero. Es una canción alegre, una melodía cadenciosa, con un ritmo que armoniza con los latidos de su corazón. Ella siente que él se vuelve más fuerte a medida que ella misma se vuelve más fuerte. Sin realmente darse cuenta, Billie está tocando la canción del alma de su hijo, una que recordará cuando más la necesite. Cuando su vida esté en plena crisis. Cuando ella ya no esté ahí para protegerlo.

"¡Billie, Billie! ¡Despierta!" Isaac no puede despertarla. Está sumida en una pesadilla que es la peor que ha tenido. Sostiene la cabeza de su hijo en sus manos, toca sus oídos, tomándolos para ella, dejándolo sin la capacidad de escuchar los sonidos que necesita escuchar. Ella sostiene las orejas en sus manos, estremeciéndose de horror. En su lugar hay agujeros negros a los lados de la cabeza de su hijo. *¿Cómo se las arreglará él mismo? ¿Qué he hecho? ¿Qué he hecho?*

Los gritos que Billie escucha son los suyos mientras se despierta a la realidad de Isaac, que está cerca de la histeria.

"Está bien, Billie. Solo es un mal sueño. Te tengo ahora. Estás segura."

Los dos se abrazan por la vida, mientras Isaac mece a su esposa de un lado a otro en un estado de calma y tranquilidad.

"Lo siento mucho, Isaac. Lamento haberte hecho pasar por esto. ¿Cómo lo soportas? ¿No estás harto de mí?"

"Nunca. Sea lo que sea por lo que estás pasando, lo podemos superar juntos. Siempre estaré aquí para ti."

El estrés y la tensión de los años de espera por un hijo, las siniestras premoniciones del Tarot y las visiones del mal que ha estado experimentando pasan factura y Billie entra en un parto prematuro.

"Es demasiado pronto" grita. "No puedo estar de parto. Lo siento mucho Isaac. Es mi culpa. Toda la natación, el estrés por mis actuaciones en conciertos..."

"Estas cosas pasan" les dice el médico a ambos. "No es tu culpa, Billie. Tú estás sana y tu bebé está suficientemente avanzado —más de siete meses— para estar bastante bien. Prometo que los cuidaré a los dos."

Pero esa escalofriante pesadilla sobre "quitarle las orejas a su niño" la llena de pavor. *¿Mi bebé nacerá sordo? No, no puede ser. Será músico, por lo que no puede ser sordo. Estará bien. Estará bien. Debe estar bien.*

El nacimiento de David es un milagro para Isaac y Billie. El hijo que pensaron que nunca tendrían fue nutrido por una grabación de la música original de Billie colocada en su incubadora y después de solo unas pocas semanas en la UCI, ahora está en casa, fuerte y sano. Para Billie, su trabajo como madre apenas comienza, pero la suya no será una maternidad normal.

Ella anima a Isaac a que lo llamen David "porque puede que tenga que crecer para matar dragones y gigantes" bromea, *sabiendo* que algún día tendrá que hacer precisamente eso. Isaac acepta con gusto, pero por la razón pragmática de que tener ese nombre "te hace independiente, ingenioso, práctico y paciente." Un razonamiento típico de Isaac.

Durante dos años, Billie e Isaac son padres cariñosos, contentos de tener un hijo que lo es todo para ellos. A excepción de defenderse de los fantasmas que la siguen a todas partes, Billie se mantiene fuerte y en control. No se atreve a contarle a Isaac sobre estas visitas, porque él no cree ni un ápice en cosas paranormales o metafísicas. Ella ha aprendido a compartimentarlas y ponerlas en su lugar, donde no puedan lastimarla a ella, ni a su hijo. Se pregunta por qué todavía andan por ahí, por qué no se rinden y molestan a otra persona.

Entonces, milagrosamente, Billie vuelve a quedar embarazada y esta vez nace una hermosa niña. Sally es una niña brillante y alegre, vivaz y alegre. Se apega a su hermano mayor, quien asume el papel de su protector incluso a los tres años de edad, responsabilidad que cumplirá toda su vida.

Sally la princesa, como la llama Isaac, es experta en envolverlo alrededor de su dedo meñique desde el momento en que tiene la edad suficiente para hablar. Le encantan los vestidos con volantes y baila por la habitación con abandono. Para alimentar esta alegría innata, Billie inscribe a Sally en una clase de ballet y la niña inusualmente coordinada lo acepta como si el baile estuviera en su ADN.

Al ser su vocación, David está fascinado con el piano. Se sienta junto a Billie en el banco, absorto y ansioso cada vez que ella toca. Pronto, David es capaz de imitar la digitación de Billie casi a la perfección. Al darse cuenta de que es un prodigio, Billie le enseña a leer a primera vista cada escala, cada nota, para que domine no solo lo que está en la página, sino para poder escuchar la música en su cabeza.

Cuando logra alejar a David del piano, Isaac le enseña a su hijo pequeño a navegar. No puede tocar una nota musical ni hablar sobre el arte, pero se une a su hijo a través de las tareas náuticas de atar nudos, izar velas y controlar el timón del barco. David aprende rápido e Isaac está encantado de que se dedique a las complejidades de la navegación con tanta facilidad.

"¡Eh, del barco; ahí están los Nickerson!" Dorothy sube los escalones del porche delantero, ansiosa por ver a su familia. Acaba de regresar de una de sus excavaciones y está exhausta del crucero en un carguero desde un lado lejano del mundo hasta la vista acogedora de Port Avalon.

"¡Tía Dorothy!" los niños gritan y la bañan de abrazos y besos. Saben que tendrá algunas historias emocionantes que contar.

"¡Oh, es tan bueno verlos a ambos!" Dorothy se deja caer en el sofá con los dos hermanos abrazados a su lado. "Pero primero, necesito quitarme los zapatos y mover los dedos de los pies."

Billie e Isaac le dan una cálida bienvenida a Dorothy y le ofrecen un festín de auténtica comida estadounidense. "Oh, cuánto he echado de menos la buena cocina casera" dice Dorothy efusivamente, disfrutando de los sabores familiares. "Billie, eres casi tan buena cocinera como música."

Billie se ríe, pero no se atribuye el mérito. "En realidad, fue Isaac quien preparó este delicioso guiso e incluso hizo las galletas desde cero." Isaac hace una reverencia sentado reconociendo el elogio de su esposa.

"Bueno, nunca pensé que mi hermano llegara a ser esclavo de una estufa caliente. ¿Cómo lograste que se apartara de su mesa de dibujo el tiempo suficiente para aprender?"

"Isaac ha sido mucho más doméstico desde que se convirtió en padre" explica Billie.

"Y me encanta cada minuto de ello" interviene Isaac.

"¿Cuánto tiempo vas a quedarte de visita esta vez?" pregunta Billie.

"Por el tiempo que me aguanten."

"Bueno, tu habitación todavía te está esperando y espero que sea una experiencia de lujo después de vivir en un carguero y en cabañas y tiendas de campaña durante tanto tiempo."

"Puedes apostar que lo será. No puedo esperar para desplomarme en esa cama con dosel y descansar mi cabeza en esas almohadas de plumas."

"Tía Dorothy" implora David "no puedes irte a la cama sin escuchar la nueva pieza que aprendí."

"No se me ocurriría."

"Bueno. Tomemos café y postre en la sala de música." Billie e Isaac limpian la mesa mientras Dorothy y los niños caminan de la mano hacia la elegancia del siglo XIX de la habitación donde el piano de cola es el punto focal, entre cómodos sofás y otomanas.

Dorothy agradece a Billie por el café y los deliciosos *petit four* y apoya los pies en la otomana mientras David se sienta al piano. Tiene una complexión delgada y el piano de cola casi parece disminuirlo aún más. Hasta que comienza a tocar.

Cuando los dedos de David tocan el teclado, se vuelve más grande que la vida. Interpreta su música favorita, la tiernamente hermosa de McDowall, "*To a Wild Rose*" con una confianza y una sensibilidad inusuales para un niño de siete años.

Incapaz de quedarse quieta, Sally hace piruetas y se desliza con elegancia joven, complementando la música de su hermano, pero sin robarle protagonismo.

Dorothy sonríe y aplaude con aprobación cuando terminan. "Con la música de David y las habilidades de ballet de Sally, son una gran pareja de artistas, ¿no es así?"

Isaac asiente con la cabeza, tratando de controlar su orgullo. El corazón de Billie se llena de alegría por el momento, tratando de mantener a raya los pensamientos de desafíos y pruebas inminentes que los esperan a todos.

CAPÍTULO SIETE

"¡Billie! ¡Dorothy!" Isaac grita, frenético de miedo. Carga a un David flácido y delirante a la casa y lo acuesta en el sofá. "¡Llamen al médico!"

"¿Isaac? Por el amor de Dios, ¿qué pasó? ¿Qué le pasa a David?" Billie lleva la mano a la frente de David. "Está ardiendo. ¿Por qué?"

"No lo sé." Isaac niega con la cabeza. "Estábamos en el barco y de repente, empezó a vomitar por la borda. Se mareó y casi se cae al agua. Pensé que solo estaba mareado, pero David nunca se ha mareado."

"El médico llegará pronto" les asegura Dorothy después de realizar la llamada. "Tal vez sea solo una especie de gripe. ¿Ha habido en la escuela?"

"No que haya sabido" responde Billie. "Parece un poco delirante o confundido. Eso no es un síntoma de la gripe."

"Necesitamos llevarlo al hospital" recomienda el doctor McMillan después de revisar los signos vitales y los síntomas de David.

"¡Al hospital!" Billie e Isaac están alarmados. "¿Es tan serio?"

"Creo que podría tener meningitis, pero no puedo estar seguro sin algunos estudios de laboratorio."

Le realizan pruebas exhaustivas, se recolectan muestras de sangre y líquido cefalorraquídeo de David y se lo llevan rápidamente al laboratorio.

"Es difícil decir cómo contrajo la meningitis, pero creo que lo detectamos lo suficientemente temprano como para que una buena dosis de antibióticos pueda evitar que empeore" informa el Dr. McMillan. "Quiero que todos ustedes se hagan la prueba por si acaso, aunque no tengan síntomas en este momento."

"Por supuesto, doctor." Isaac, Billie y Dorothy están de acuerdo sin dudarlo.

"Necesitamos observarlo durante unos días y ver cómo progresa."

Durante las próximas semanas, David parece mejorar. Las náuseas remiten, su vértigo es esporádico y menguante. Pero un nuevo síntoma preocupante es motivo de alarma.

"¿Por qué te sostienes la oreja, David?" Isaac pregunta.

"Hace un sonido divertido, papá. No desaparece."

"¿Qué tipo de sonido divertido? ¿Puedes describirlo?"

"Es... es como un zumbido. Un zumbido agudo, luego un silbido como una sirena o algo así."

"¿Duele? ¿Hay dolor? Billie coloca sus manos sobre los oídos de David de manera protectora, esperando que cualquier dolor que tenga su hijo desaparezca con su toque maternal. Pero el aterrador sueño que tuvo sobre arrancarle las orejas por completo a su hijo la obliga a apartar las manos.

"Solo un dolor sordo, principalmente. Es el zumbido lo que más me molesta. ¿Por qué no desaparece?"

"No lo sé, hijo. No lo sé."

El tinnitus en los oídos de David pronto progresa hasta el

punto en que tiene problemas para entender a sus profesores o para escuchar las notas en el piano, como solía hacerlo.

"Basándome en los síntomas anteriores de David —náuseas, vómitos, vértigo— mi conjetura es que David tiene la enfermedad de Meniere" informa el Dr. McMillan a sus padres. "No hay cura, pero hay medicamentos que pueden aliviar los síntomas. Realmente no podemos precisar por qué contrajo esta dolencia. Todavía es un misterio médico, pero haremos todo lo posible para que se sienta cómodo."

"Primero meningitis, ahora; la enfermedad de Meniere. Esto es desgarrador" se lamenta Billie. "Es tan inesperado."

"Realmente espero que esto sea todo, pero debemos estar preparados para que surjan otros problemas o complicaciones con su audición."

"¿Como qué? ¿Quiere decir que podría empeorar?" Isaac está exasperado.

"Hay señales de otosclerosis" explica el Dr. McMillan. "Un pequeño crecimiento óseo dentro del canal auditivo. Probablemente ha estado creciendo durante algún tiempo, sin ningún indicio de problema, pero ahora podría convertirse en algo a largo plazo. ¿Alguno de ustedes tiene alguna sordera en su familia?"

"No, en la mía no" dice Isaac enfáticamente.

"Nunca escuché que ningún miembro de mi familia tuviera estos problemas" agrega Billie. "¡Pero no lo sé! Oh, Dios mío. ¿Y si heredó esto de mí?"

"A veces existe una predisposición genética heredada de uno de los padres."

Billie está fuera de sí por la culpa y grita por dentro. *Ese sueño, ese sueño donde le robaba las orejas a mi hijo y me las quedaba. No fue solo un sueño. ¡Es verdad!* "¡Es mi culpa! ¡Es mi culpa!"

"¡Billie!" Isaac la agarra por los hombros. "Deténte. Contrólate. Él no dijo eso."

"Vamos, vamos Billie" el médico intenta consolarla. "No puedes culparte en absoluto. Sin saber si eres portadora de un gen así, no puedes imponerte todo esto. Haremos todo lo posible para tratarlo. Una cirugía podría ayudar. Pero si no, existen nuevos audífonos que podrían mejorar su audición. Revisaremos todas las posibilidades."

"Él estará bien. Esto es solo temporal. Haremos lo que sea necesario para que esté mejor." Isaac está decidido, se hace el fuerte, se prepara; hace lo que sea necesario para ayudar a su hijo.

"¿Y si nada funciona?" Billie siente que su corazón se hunde con un profundo conocimiento de que nada lo hará.

"Una cosa a la vez" sugiere el Dr. McMillan. "Pero si ocurre el peor de los casos y pierde la audición, hay lenguaje de señas y lectura de labios que le dará una buena calidad de vida."

Otosclerosis. Billie sabía que ese era su destino. Y el de ella. Porque Dorinda le había dicho que se preparara para lo que vendría: "Tu hijo será normal al nacer, pero en algún momento tendrá la edad suficiente para pasar a esa otra conciencia y debe perder la audición para evolucionar. Debes ayudarlo, enseñarle, nutrirlo, hacerlo más fuerte debido a su sordera, para que un día escuche lo que otros no pueden, para que escuche la voz interior."

La pérdida auditiva neurosensorial junto con la pérdida auditiva conductiva es un doble golpe para David. Los ruidos de primer plano y de fondo se funden, ya no entiende las voces en el teléfono, algunos sonidos son excesivamente fuertes y estridentes y todo lo que la gente dice es tan solo un murmullo.

Los meses se convierten en años con Billie enseñándole a David el lenguaje de señas y la lectura de labios hasta que se vuelve experto en ambos. Los audífonos ayudan a escuchar ciertas frecuencias, pero su capacidad para escuchar claramente cualquier nota musical se ve afectada para siempre.

Los tratamientos médicos y quirúrgicos que normalmente corregirían los problemas por alguna extraña razón no funcionan para David. Siempre tendrá que depender de audífonos especiales para escuchar incluso vibraciones indescriptibles.

Soporta el dolor, las cirugías y la decepción con tal valentía que Sally se conmueve profundamente y se vuelve aún más devota de su hermano. Trabaja diligentemente para mantener su habla normal, pero también aprende a hacer señas de manera experta y le enseña a Sally para que puedan contarse pequeños chistes privados. Se ríen de que los niños brutales de la escuela no tengan idea de lo bien que él puede leer los comentarios crueles en sus labios y juntos traman fantasías de venganza adolescentes para vengarse.

El único verdadero consuelo de David es poder sentir el pulso de la música similar al poderoso ritmo de las olas. Y tal vez, insiste Sally a sus padres; David realmente puede oír cosas que la gente que oye no puede.

Con cada día, cada año; madre e hijo comparten sus dones musicales, se unen de una manera que solo dos almas que comparten la misma afinidad pueden experimentar. Con mucho gusto, David ejecuta intrincadas piezas de Mozart, Liszt, Beethoven y Chopin disfrutando del orgullo de su madre por él. Para variar, domina las canciones de Gershwin y Porter, que son algunas de las favoritas populares de Billie, asistido por el constante vaivén del metrónomo. La música más hermosa jamás escrita que él no puede y tal vez nunca escuche, queda imbuida en su conciencia a través de los patrones de notas en la página.

"Nunca renuncies a tu música, no importa lo que suceda en

tu vida, querido. La música es tu alma que te llama y debes escucharla siempre. No solo te satisfará, sino que podría salvar tu vida." Billie hace señas y habla con énfasis mientras David lee sus labios.

"¿Salvar mi vida? ¿Qué quieres decir, mamá?" David ladea la cabeza con aire interrogativo.

"Yo..." ella duda, no quiere asustarlo y tiene cuidado de no divulgar el futuro profundo y premonitorio que le espera. Ella aparta un mechón de cabello de su frente y con valentía y gentileza, toma su dulce e inocente rostro en sus manos. "Me refiero a que tener algo tan hermoso en tu vida hace que valga la pena. La música no solo entretiene, sino que cura. Nutre tu intelecto y cierra la brecha entre culturas. Abre tu corazón y te eleva por encima de todas las realidades mundanas. La música es amor, es espiritual, es de lo que estás hecho, de lo que todos estamos hechos en nuestros cuerpos y en nuestras almas."

"Cosas bastante poderosas" comenta David.

"Las más poderosas."

"¿Incluso el rock and roll?" David bromea. "Solo puedo escuchar el ritmo, pero es emocionante."

"Sí" reconoce Billie, "la música pop se cruza para hablar con la gente de todo el mundo. Pero incluso el rock and roll tiene su base en la música de los Maestros. Beethoven, Mozart, Bach, que fueron canales para inspirar divinamente melodías y armonías. Aprende esta música y toda tu música florecerá y será importante, sin importar el género. Recuerda, Beethoven tenía la misma discapacidad auditiva que tú y compuso parte de su mejor música después de quedarse sordo."

"Sí, pero no la tocaba tan bien. Me temo que tampoco podré hacerlo yo."

"Beethoven no tenía teclados digitales para controlar el volumen y crear sonidos orquestales."

"Algún día, incluso podríamos ver los sonidos en una pantalla, como imágenes a todo color." David predice.

"Podríamos" coincide Billie. "Y podrías ser tú quien lo invente."

"Oh mamá. ¿Cómo podría hacer eso?"

Abrazándolo con fuerza para que no pueda ver sus labios, Billie dice: "Algunas cosas, querido muchacho, tendrás que resolverlas por ti mismo."

Con la ayuda de audífonos recientemente desarrollados, David escucha algunos tonos musicales con su oído izquierdo, pero su oído derecho solo puede discernir ruidos o habla muy fuertes. David, que ahora tiene 12 años, sobresale en la escuela con la música y las computadoras y con el apoyo de Billie y Dorothy, también desarrolla una inclinación por la metafísica, especialmente el poder del cristal.

"Los cristales están llenos de vibraciones musicales" le dice Billie. "Todos estos elementos te unen al universo aquí y en el más allá. Pregúntale a tu tía Dorothy."

Isaac se exaspera con la afinidad de Billie por lo oculto. "Deja de enseñarle al chico esos cuentos de hadas. Tú también Dorothy. Es ridículo."

Isaac está devastado porque su hijo es sordo. Se resiste a aprender el lenguaje de señas y por lo tanto, solo puede ejecutar las frases más básicas. "Cuál es el punto" confiesa. "Sé que un día David volverá a escuchar. Solo tenemos que seguir buscando tratamientos que funcionen."

Billie intenta consolar a su esposo, a quien ama tanto hoy como el día en que se casaron, a pesar de sus diferencias. "Somos afortunados, Isaac. Tenemos acceso a los mejores médicos y David tiene muchas opciones. Otros niños no son tan afortunados."

"Bueno, lo estarán si puedo evitarlo. Algún día, los barcos de la Misericordia brindarán tratamiento médico a niños y familias de todo el mundo que sufren la opresión económica y los estragos de la guerra."

"Lo harás, Isaac. Es un objetivo maravilloso. Ojalá nunca hubiera ninguna guerra, ninguna batalla que lo hiciera necesario. Me alegro de que David nunca tenga que ir a pelear. Ahora está a salvo."

"¿Porque no puede oír? Billie, ¿cómo puedes estar feliz por eso?"

"No lo estoy, no lo estoy. Yo solo..." Billie se encoge ante la posibilidad de que ella le haya traído la sordera a su hijo como una forma de mantenerlo a salvo en casa. Revive el horrible sueño de arrancarle las orejas una y otra vez y ahora su hijo está sordo. Billie se siente culpable, pero una pequeña y secreta parte de ella se siente aliviada.

"¿No te ayudará Fischbacher? Con los barcos de la Misericordia, me refiero."

"No Nathan, jamás. Es un mercenario, si es que alguna vez lo hubo. 'No hay dinero en la caridad' dice."

"Bueno, entonces encontrarás otros patrocinadores. Eres un diseñador maravilloso, un visionario."

"Algún día. Pero primero tengo que crear algo en lo que nadie más haya pensado y hacer que todos lo quieran."

"¿Mamá está de humor hoy?" David le pregunta a su padre.

Isaac asiente. "Ella siempre es así cuando hace algo desafiante."

David e Isaac nunca saben con certeza lo que Billie tiene en mente o en su corazón, por qué cambia su estado de ánimo, como si hubiera un tormento interior con el que siempre estuviera luchando. Cuando no está inmersa en su música o enseñando a David, Billie hace todo lo posible por mostrar algunas habilidades domésticas. La costura es el único talento al que aspira y que la frustra. Isaac elogia su tenaz determinación, pero la esquiva cada vez que se le acerca con una cinta métrica. Entonces, es Sally quien recibe primero un delantal amarillo no tan perfecto que la niña brillante siente que es perfecto para ella.

Diligentemente, Billie sigue presionando y para cuando David celebra su cumpleaños número 13, ella se las arregla para diseñar y coser una camisa para él, una deportiva camisa azul con botones de nácar e iniciales con el monograma bordadas en blanco, DN. Los defectos y deficiencias de la camisa terminada no perturban a David.

"Esto es genial" dice David, sonriendo con placer. "Nunca me la voy a quitar. La usaré hasta que todos los hilos estén deshilachados, hasta que las iniciales se caigan y los botones se pongan amarillos y se rompan."

Billie se ríe de buena gana. "Oh, lo dudo. Pero gracias por amarla. Sin embargo, es un poco grande para ti. Corté el patrón con espacio de sobra."

"Entonces, me convertiré en eso. Eso significa que puedo usarla por más tiempo."

Su próximo proyecto de costura es una funda rosa para ella con un patrón intrincado, lo que hace que la tarea sea aún más abrumadora. Inquebrantable, jura: "Haré este vestido, si es lo último que haga." Poco sabe ella que es el último vestido que usará.

"¡Billie! ¡Despierta! ¿Qué pasa? Despierta. Estás teniendo un mal sueño." Es un pronunciamiento que Isaac le ha hecho a su esposa muchas veces: "Estás teniendo un mal sueño" pero nunca sabe qué es lo que la atormenta tanto. Sus ataques de pánico han durado demasiado para que sean depresión posparto. Así que Isaac la sostiene con fuerza creyendo que puede evitar que se deshaga mentalmente por pura fuerza de voluntad.

En la pesadilla más reciente de Billie, ella está muriendo; dando su vida voluntariamente para salvar a su hijo. Justo cuando está a punto de conocer la nada de la muerte, Isaac la despierta. Está empapada de sudor y parece delirante. Pero en la seguridad del abrazo de Isaac, pronto se calma y el temblor se detiene. Ella sabe lo injusto que es ocultarle la verdad a Isaac, pero nunca podrá decirle el significado de sus sueños proféticos. Él nunca lo entendería. Podría abandonarla. Y eso sería peor que la muerte.

"¿Es esto lo que me están diciendo estos espíritus locos? ¿Que tengo que morir?" le pregunta a Dorinda cuándo se vuelven a ver. "Dicen que si mueres mientras duermes, mueres en la vida real. ¿Algún día me iré a dormir y no me despertaré?"

"Todos morimos, Billie. No puedo prever cómo sucederá para ti. Pero en algún lugar de tu conciencia sabes que está destinado a ser así."

"¿Morir y dejar a mi marido, a mis hijos? Eso no tiene sentido. No será así. ¡No dejaré que suceda! Se supone que debo enseñarle a David una lección importante o guiarlo hacia algún gran logro. ¿Cómo puedo hacer eso si estoy muerta? ¿Gritando muy fuerte?"

"En algún momento, le habrás enseñado todo lo que puedas en esta vida. Tendrá que seguir adelante para que él pueda evolucionar por sí mismo."

"Entiendo por qué me están castigando, pero ¿por qué mi hijo tiene que sufrir tanto? Primero, pierde la audición y ahora va a perder a su madre. ¿Qué le enseña eso? ¿Qué les enseña eso a mis hijos? ¿O a Isaac? Que los he abandonado, ¿eso es?

Bueno, no lo haré. Tiene que haber otra manera. No dejaré a mi familia."

Billie toca como si fuera una cuestión de vida o muerte, golpeando las teclas con poder, poesía y pasión, decidida a ahuyentar a los demonios y transformarlos con la grandiosidad de su técnica.

Cuanto más lucha por eso, más intenta retrasar el paso del tiempo, más se siente fatalmente inminente. ¿Qué sucederá? ¿Cuándo? ¿De día o de noche? *¿Cuando esté cruzando la calle y un camión me golpee o me ahogue cuando esté nadando? Tal vez me ahogue con mi propia comida o me caiga un rayo.*

Quiere una lectura más de Tarot, para tener alguna pista de qué tipo de muerte le espera y cuándo, pero cuando va a la plaza, ya no hay carpa y nadie recuerda que alguna vez hubo una. Ella corre de tienda en tienda, rogando a la gente que recuerde a la adivina, el letrero que decía: "Lecturas de cartas del tarot de Dorinda. Los buscadores de la verdad son bienvenidos." Sacuden la cabeza. Sin carpa. Sin adivina.

"No pude haber imaginado todo esto. Fue real, demasiado real." Billie revive cada escenario desde su primera lectura, cada carta y su profundo significado para su vida. Puede ver, oír y sentir la presencia de Dorinda y de la mujer sin nombre, su tranquila elegancia y poder y su profunda confianza en su sabiduría.

Pero sin pruebas, sin evidencia de que alguna vez entró en la tienda mágica, experimentó los encuentros surrealistas con dos seres místicos, tiembla al pensar que: "Tal vez tengan razón. Quizás nunca existieron y todo ha sido un sueño loco. Quizás *estoy* loca."

CAPÍTULO OCHO

EN EL MOMENTO ACTUAL

"Sr. Nickerson. Lamento mucho tener que revisar estos detalles con usted en un momento tan doloroso, pero tengo algunas preguntas sobre el accidente." El oficial de policía dirige a Isaac hacia una silla cómoda y se sienta frente a él.

"Entiendo." Aún aturdido, Isaac asiente con la cabeza. Después de todo, es un militar y entiende que se debe seguir el protocolo.

"Había niebla, una gruesa capa marina" comienza Isaac. "Habíamos ido, mi familia y yo; a cenar a un restaurante favorito en Lighthouse Point. De camino a casa, quería pasar por mi oficina para recoger algunos planos, para poder trabajar un poco más en ellos. Yo diseño barcos."

"Entonces, estaba nublado y no vio la salida de la autopista, ¿eso es lo que pasó?" El oficial había sido informado antes, pero quería escucharlo directamente de Isaac.

"Sí, se me pasó la salida. Supongo que iba demasiado lento y este camión estaba detrás de mí. Ni siquiera lo vi con toda esa niebla y nos golpeó por detrás o eso me dijeron. Apenas recuerdo, todo sucedió tan rápido."

"¿Y su auto solo tenía una bolsa de aire? ¿Del lado del conductor?"

"Es un viejo SUV. Había una del lado del pasajero, pero no se desplegó. No sé por qué. No lo sé..." Sacude la cabeza y se pasa una mano temblorosa por su espeso cabello oscuro.

"¿Su esposa estaba usando el cinturón de seguridad?"

"Sí... no... lo estaba ajustando cuando ocurrió la colisión. Supongo que no lo arregló. ¡Maldita sea Billie! Le dije que dejara el cinturón para cuando me detuviera. Pero no quiso escucharme... o no tuvo tiempo de hacerlo antes de que yo... Empieza a sollozar, asumiendo toda la culpa.

Ahora recuerda que David solo sufrió algunas heridas leves. Fue un milagro que no fuera más lastimado. "Es sordo, sabe" le informa Isaac al oficial. "Quizás fue algo bueno que no lo oyera venir."

"Siento mucho lo de su esposa, Sr. Nickerson. Pero me alegro de que su chico esté bien."

"Gracias." Se enciende una luz en la cabeza de Isaac. "Oh, Dios mío. Sally. Mi hija. Tengo que ir a verla. Ella está en la UCI. Puede que no esté despierta."

"Por supuesto. Creo que hemos terminado aquí. Si hay algo que pueda hacer por usted, no dude en llamar." Le da a Isaac su tarjeta.

Pero ahora Isaac y David deben concentrarse en Sally. Con tristeza, caminan juntos a la UCI y a la habitación de Sally. Se sorprenden de verla despierta.

"Todavía está atontada" explica el médico, "y no está muy segura de dónde está."

"Sally" Isaac la tranquiliza. "Somos papá y David. Estamos aquí para ti."

"¿Dónde estoy, papá? ¿Qué está pasando?"

Estás en el hospital, Sally. Hubo un accidente. Te golpeaste bastante."

"¿Yo? ¿Tú te lastimaste? ¿Y David?"

"Tuvimos mucha suerte, Sal" le dice David con una señal rápida. "Ambos estaremos como nuevos pronto."

"Mamá... ¿mamá está herida?"

Evitando deliberadamente la pregunta, Isaac se concentra en la condición de su hija. Fuerza una sonrisa alentadora.

"Ahora mismo, tenemos que hacer que te mejores." Isaac se vuelve hacia el médico para recibir información actualizada.

"Solo iba a hacerle un chequeo" le informa el médico. "Sus signos vitales están bien y eso es una buena señal. Sally, necesito examinar tu movilidad ahora. ¿De acuerdo?"

"Está bien, supongo" Sally dice dócilmente.

"Ahora sostén tu mano derecha contra la mía y empuja hacia atrás tan fuerte como puedas. Bien. Está bien y es fuerte. Lo mismo con tu mano izquierda. Eso también está bien. Haz esto con tus dedos." El médico toca cada dedo con el pulgar y Sally refleja sus movimientos.

"Estás bien, Sally. Ahora, revisaremos tus pies y tus piernas, ¿de acuerdo?"

"Por supuesto."

El médico levanta la sábana por encima de las rodillas de Sally. "¿Puedes mover los dedos de los pies por mí?"

"Por supuesto. ¿Así está bien?"

No hay movimiento, pero Sally no se da cuenta. "Vuelve a intentarlo, Sally" Isaac la anima. "Puedes hacerlo."

Sin movimiento. El médico pasa un pequeño instrumento romo por las plantas de los pies de Sally. No hay movimiento reflejo.

"¿Qué está pasando, Doc? ¿Por qué no puede mover las piernas?" Isaac está al borde del pánico. "¿No puede hacer algo?"

"Tendremos que hacer más pruebas para estar seguros. Cuando llegó, hicimos una tomografía computarizada, pero no pudimos ver nada que indicara parálisis."

"¿Pero no puede mover las piernas?" Isaac trató de no parecer histérico.

Sally comienza a sollozar. "No puedo moverme, David. ¡No puedo mover las piernas!"

Su hermano toma la mano de Sally y le hace señas: "Está bien, Sal. Vas a estar bien. Lo prometo."

Se realiza una resonancia magnética para detectar fracturas o daño en los nervios de la columna vertebral de Sally, pero no arroja ningún diagnóstico definitivo.

"Tiene algunas fracturas por compresión e inflamación de los tejidos" informa el radiólogo, "por lo que esperamos que se curen por sí solos. Pero es demasiado pronto para saber si recuperará o no todas sus funciones. Tenemos la esperanza de que la parálisis sea temporal."

"¿Y si no es así?" La respiración de Isaac está cargada de ansiedad.

"Vayamos paso a paso."

Fuera de la habitación de Sally, Dorothy intenta consolar a Isaac para que afronte la empresa más difícil de su vida.

"No creo que pueda contarle a Sally sobre su madre sin desmoronarme por completo" confiesa Isaac. "Descubrir que no puede caminar ya es bastante malo, pero decirle que Billie está muerta la devastará."

"Nos ha devastado a todos" le recuerda Dorothy, "pero todos estaremos a su lado cuando se lo digas. Tienes que hacerlo pronto, Isaac. Esto no es algo que puedas ocultarle por mucho más tiempo."

"Un día está feliz y despreocupada, luego en un instante se queda sin madre y queda inválida. No es justo." Isaac finalmente se derrumba, su cuerpo se agita en llantos de tristeza.

David guía la silla de ruedas de su hermana hasta el ataúd de Billie, donde verán a su madre por última vez. Con la funda rosa que había diseñado y cosido ella misma, con su lujoso cabello una cascada de sedosas ondas rubias, Billie Nickerson es hermosa, incluso muerta. David se prepara para mantener la compostura, por el bien de Sally.

"Parece que está durmiendo, David" comenta Sally. "La Bella Durmiente. Tal vez se despierte. Despierta, mamá." Se agarra al borde del ataúd y pone la cabeza entre las manos, llorando a mares.

David pone sus brazos alrededor de los hombros de su hermana y la consuela tiernamente. Durante todo el servicio fúnebre se queda aturdido pero estoico, aliviado de no poder oír los tópicos de amigos bien intencionados o los sollozos de la hermana a la que adora.

Isaac está tan abatido que Dorothy tiene que ser la fuerte para evitar que su hermano deje que sus rodillas se doblen bajo él.

Billie descansa en el cementerio de la familia Nickerson con vista al océano, que hoy se encuentra tan suave como el cristal, dorado por el reflejo brillante del sol.

Un ángel de la guarda de alabastro adorna su lápida que dice:

Blanche "Billie" Nickerson
Amada esposa y madre
Te extrañamos

David, Sally, Isaac y Dorothy colocan rosas amarillas de un solo tallo en su ataúd, una por una y se despiden, su dolor es mitigado por el hecho de que ella está cerca y pueden visitarla en cualquier momento que sientan la necesidad.

Incluso en su estado espiritual, Billie siente su dolor y hace un voto solemne. *Volveré, querida familia. No sé cuándo ni cómo, pero prometo que no los abandonaré.*

CAPÍTULO NUEVE

EN EL TIEMPO QUE TRANSCURRE ENTRE LOS TIEMPOS

Billie escanea el área de preparación. El auditorio está lleno a su capacidad con personas que se arremolinan en sus asientos con anticipación. Solo que no son entidades humanas, son espíritus de varios niveles de experiencia denotados por sus colores áuricos, que van desde tonos de blanco al amarillo y al azul.

El foso de la orquesta vibra con energías violetas, lo que demuestra a través de la música la forma más elevada de evolución espiritual. Todos los instrumentos están representados, desde antiguas celestas, liras y laúdes hasta cítaras, teclados y cornos de todo tipo.

Billie está asombrada. "¿Qué es este lugar? ¿Una especie de sala de espectáculos? Nunca imaginé que el cielo o donde sea que esté, se vería así."

"Esta fue tu experiencia de vida, Billie. La sala de conciertos, los músicos, las multitudes. Tu experiencia espiritual reflejará tu experiencia terrenal, hasta que estés lista para dejarla."

"¿Por qué hay tantos colores diferentes de personas?"

"Ahí es donde se encuentran en la evolución de su alma,

cada uno ha alcanzado un estado superior de desarrollo a través de su experiencia musical."

"¿Pero por qué no tengo ningún color? Creo que estoy bastante desarrollada musicalmente."

"Porque acabas de empezar. Eres blanca, Blanche, una luz brillante pero un alma muy joven."

"Eso es extraño. Siempre me sentí como un alma vieja."

"Una expresión popular de la Nueva Era."

Billie aprecia el humor de su guía y le transmite un sentimiento de familiaridad. "Te conozco, ¿no? Te he visto antes. Vaya, eres la adivina de la tienda. No Dorinda, sino la otra. Nunca supe tu nombre."

"Los nombres no son importantes aquí. Estaba en una misión que requería que no tuviera identidad."

"¿Una misión? ¿Por mí?"

"No pensaste que estabas en esa tienda solo para que te leyeran las cartas del Tarot, ¿verdad?"

"Obviamente no. Pero tú y Dorinda nunca existieron realmente. Eran solo una invención. Nadie las vio más que yo, ni siquiera vieron esa carpa o el letrero que invitaba a la gente a la lectura de cartas."

"Como debía ser."

Billie se mueve libremente a través de esta primera experiencia, luego a través de varios portales. Las personas que reconoce de su vida en la Tierra son energías etéreas y sin forma: una tía de la familia de parte de su padre que falleció justo antes de que Billie se mudara a Port Avalon; un primo que murió en un accidente de avión durante su primer vuelo en solitario; un amigo de la escuela secundaria que sucumbió a la leucemia; un maestro que se suicidó cuando su esposa se fue y se llevó a sus hijos con ella. Sus formas sin rostro asienten en reconocimiento a medida que avanzan en sus propias misiones personales.

Luego, emergiendo a través de una cortina diáfana, dos figuras se le aparecen a Billie. Son viejas ahora, con sus auras grises por sus duras experiencias de vida. Billie los había visto raras veces en sus últimos años en la Tierra, viviendo a kilómetros de distancia como lo hacían y luego finalmente separados por la tragedia y la muerte. Pero ahora, mientras están cara a cara, todo el dolor, la ira, los conflictos en los que se involucraron, los sentimientos de aislamiento solitario que le inculcaron, las inseguridades y la indignidad que le transmitieron... todos esos sentimientos salen a la luz y ella se siente al borde, una tensión incluso en esta dulce dimensión de la vida después de la muerte.

Si no los hubiera dejado, si me hubiera quedado cerca de ellos, todavía estarían vivos. Tal vez podría haberlos salvado de ese edificio en llamas, del mal sin sentido de un pirómano.

Pero luego se abrazan y en su necesidad de ella, en su anhelo, Billie siente su triste pesar, las disculpas que no pueden expresar, el perdón que le ofrecen. Ella se derrite en su agonía y se transforma en su amor por ellos. Disolviéndose en una luz violeta, son por fin almas libres.

"¡Esto es más de lo que puedo soportar!" Billie llora. "Pensé que no había dolor ni angustia aquí. ¿Por qué los recuerdo, a mi madre y a mi padre y toda la confusión por la que pasamos?"

"Tu identidad eterna nunca te abandona" le dice la mujer sin nombre. "Con el tiempo, experimentarás una nube de amnesia, sentirás menos emoción, donde eliges no recordar nada del pasado."

"¿Elegir? ¿Quieres decir que tengo opciones aquí?"

"Ahora vamos a la arena de elección" le informa la mujer sin nombre. "Los recién muertos, no me gusta usar esa palabra porque no los considero muertos. Estás muy vivo aquí, pero los mortales han optado por usar esa etiqueta. Continuando, aquí es donde te das cuenta de que todo en tu vida, cada experiencia y encuentro, fue algo que elegiste hacer incluso antes de que fueras consciente."

"¿Quieres decir antes de que yo naciera?"

"A veces es una elección anterior a la vida, a veces es una realización inconsciente inmediatamente después del nacimiento."

"Dios, tomé tantas malas decisiones..."

"Y tantas buenas, Billie."

"¿Como morir en un accidente automovilístico?"

"Eso también."

"Mi hijo me odia por esa elección. ¿Cómo arreglo eso?"

"No estás aquí para arreglar el pasado, sino para decidir a dónde irás en el futuro."

"¿Te refieres a la reencarnación?"

"Esa es una opción."

"¿Hay otras?"

"Por lo general, no les digo a mis alumnos que tienen opciones, a menos que crea que necesitan saberlo."

"¡Pero lo necesitamos! Lo necesitamos. ¿Qué pasa si decido volver con mi familia?"

"Sabes que eso no es posible."

"Pero a veces los espíritus se conectan con sus seres queridos. He visto a los médiums ayudarlos a hacer eso."

"Lo que estoy diciendo es que no puedes regresar físicamente como la misma persona en el mismo momento. No puedes comunicarte con tu familia a menos que te llamen."

Billie está cabizbaja. Su hijo la odia, no quiere tener nada que ver con ella. No la convocaría en un millón de años.

"Tengo que encontrar una manera. Tengo que hacerles entender."

"Si está destinado a ser, harás sentir tu espíritu por ellos. Pero primero tienes muchas lecciones que aprender. Tomará un largo tiempo."

"¡No tengo tiempo!"

"Billie, querida, no tienes *más* que tiempo. Tienes una eternidad."

Billie quiere agarrar a la mujer sin nombre por los hombros y sacudirla, pero no hay nada que agarrar, nada a lo que sujetarse. "Ayúdame, por favor. Tienes que ayudarme a llegar a ellos de alguna manera, de alguna forma. Mis hijos no tienen una eternidad. Mi hijo es sordo..."

"Su elección es la de escuchar la música que has imbuido en su alma."

"Es posible que mi hija nunca vuelva a caminar..."

"Ella ha elegido que su hermano la cuide y tiene a alguien a quien adorar ahora que te has ido."

"E Isaac, él está perdido, tan perdido. Puede que nunca se recupere."

"Encontrará el camino de regreso a tiempo."

"Mi esposo no es como tú o como yo. No cree en lo sobrenatural. No creo que él crea en nada en este momento."

Contra las reglas y contra su mejor juicio, la guía de Billie le confía: "Hay otro lugar donde puedes residir y resolver las cosas. Ven."

Billie las sigue de cerca mientras se mueven a través de un umbral de luz suave y niebla donde se asombra por una visión que es impresionante en su realismo.

"¿Qué es esto?"

"Aquí verás a través de una especie de ventana todo lo que está sucediendo con tu familia. Todo lo que hagan, piensen o experimenten, lo presenciarás. Te frustrará no poder conectarte con ellos o hacerles saber que estás con ellos."

"Entonces, es mi castigo, por las cosas que he hecho o contemplado hacer por razones egoístas."

"Aquí no castigamos. Y ciertamente no solo por pensamientos. Si lo hiciéramos, nunca tendríamos tiempo para nada más.

Estás aquí para aprender, para comprender lo que en la Tierra se llaman errores y para avanzar hacia un amor superior."

"Pero ¿cuál es el punto de simplemente mirar y querer?"

"No solo estarás mirando. Al mismo tiempo, tendrás que trasladarte a otros tiempos y lugares. Puede que tengas que repetir las cosas una y otra vez. Estarás lo suficientemente cerca para tocar a tu chico, pero no podrás hacerlo físicamente. Un día, si tu hijo desea comunicarse contigo, estarás allí en espíritu."

"Pero ¿cómo lo sabrá? ¿Cómo sabré que me he abierto paso?"

"Él te sentirá. Puede ser un ligero roce en su brazo o un soplo de aire en su rostro, pero sabrá que estás allí."

"¿Y mi otra opción?"

"Puedes ir al Otro Lado, el dichoso más allá donde dejas ir por completo tus recuerdos de la vida humana y te diriges a tu paraíso eterno."

Esta última opción, decide Billie; no es una opción en absoluto. De alguna manera, de alguna forma romperá ese muro que separa sus realidades, penetrará esa ventana de tiempo y regresará con su familia antes de que sea demasiado tarde.

CAPÍTULO DIEZ

La mujer sin nombre deja a Billie sola para hacer una "tarea." Esto sorprende a Billie porque no sabía que había quehaceres en cualquier lugar después de la muerte. Sin embargo, aprende que los espíritus del más allá están bastante ocupados trabajando, aprendiendo y creando en todo tipo de actividades. Ciertamente, no es lo mismo que hicieron en su vida mortal, pero más en pensamiento, visualización y conversación telepática.

"No es como pensabas que sería, ¿verdad?"

Billie siente una presencia a su lado que la incomoda. "¿Quién eres tú? ¿Qué deseas?"

"Soy tu Lado Oscuro, Billie."

Una ráfaga de aire helado, un etéreo jadeo de miedo desgarra a Billie ante esta advertencia. Eso es lo que le había dicho la siniestra nube oscura mientras flotaba de forma espeluznante en su teclado una tarde mientras tocaba el *Nocturne* de Chopin, convirtiéndolo en discordia.

"¡Tú otra vez! ¿Qué eres? ¿Cómo es que estás aquí? No perteneces aquí."

"No, no pertenezco aquí. Así que escapo de vez en cuando del limbo que me esclaviza y encuentro el camino de regreso a ese reino vivo y emocionante de la Tierra. Oh, cómo me encanta burlarme de seres humanos como tú, tan pretenciosos y ensimismados."

"¡No soy así! Quiero decir, no lo era. ¿Quién eres tú para juzgar? ¿Cómo te atreves a decirme eso?"

Esa risa mezquina familiar le resuena a través del éter ilimitado, cambiando el capullo azul suave de Billie en una mortaja oscura.

"Me atrevo porque necesitas saber que hay más aquí en este infinito que la monotonía y la exasperación del Lugar para Observar y el fantástico e inalcanzable Otro Lado. Mirar a través de esa Ventana de Tiempo es inútil. Es el verdadero purgatorio del que habla la gente en la Tierra cuando cree que el castigo les espera después de su muerte. No dejes que tu tonta guía espiritual te engañe y finja lo contrario."

"Ella no es tonta. ¿Y por qué me engañaría? ¿Qué tiene ella que ganar?"

"Es un juego jugado aquí por las supuestas almas superiores que quieren que estés indefensa e impotente."

"No te creo. Aléjate de mí."

"Está bien, me iré, si estás de acuerdo en nunca llegar con tu precioso hijo o ver a tu familia de nuevo. Pero ¿y si te dijera..." sugiere el Lado Oscuro con complicidad, "...que hay una manera de que puedas tener todo lo que deseas?"

"¿Qué? ¿Qué quieres decir?"

"¿Y si te dijera..." la entidad encapuchada y sin rostro se burla de Billie, "...que puedes reencarnar como cualquiera, en cualquier momento que desees?"

"No, eso no es posible. No puedo elegir cuándo ni con quién."

"No te creas esa tontería. Ven conmigo y te mostraré cómo se hace."

Como hipnotizada, Billie lo sigue. Se detienen al frente de una gran entrada, una barrera indescriptible sin forma, ni sustancia. Lo que hay más allá no puede verlo, pero el Lado Oscuro la atrae con una zanahoria colgando del extremo de un palo: volverá a estar con su familia y con su hijo, para terminar lo que empezó como su madre.

"En el otro lado de esta entrada está la clave de tu dilema, el vehículo para escapar de esta prisión que tú misma creaste, los medios para librarte de tu culpa y ser libre para regresar a tu vida anterior. Simplemente pasa sobre el portal y verás."

"No puedo. No puedo ver más allá."

"Quieres decir que no quieres verlo. Supérate o nunca seguirás adelante."

Con la determinación que le sirvió bien en la vida, Billie consiente y se adentra en el abismo. Sin embargo, sorprendentemente, lo que ve es completamente contrario a lo que implica el Lado Oscuro. Este no es un entorno libre de problemas con espíritus flotando en la brisa del descuido. En cambio, es un mar interminable de almas perdidas en el caos silencioso y aburrido de la profunda desesperación. Nunca se hablan, solo se mueven sin rumbo fijo, con la cabeza gacha y los ojos sin vida.

El peso de sus pasadas transgresiones es profundo y lo llevan como piedras de molino. Todos tienen una letra "C" marcada en la frente, recordándoles la culpa que cargan y no saben cómo deshacerse de ella.

Aterrada, Billie retrocede y vuelve a ponerse a salvo. "No puedo ir allí. Yo no soy como ellos." Billie lucha con su conciencia. "No lo soy. ¿Lo soy?"

El Lado Oscuro le dice que no es tan pura, porque le mintió a Isaac sobre su aventura, sobre sus experiencias psíquicas, sobre sus sueños de tomar la audición de *su* hijo —el hijo de Isaac— para que nunca fuera un soldado en la guerra.

"Pero hice eso para protegerlo" protesta Billie, "para protegerlos a ambos del sufrimiento."

"¿Y tu hermana? ¿La que animaste a unirse a una protesta por la paz que le costó la vida?"

"No lo hice, quiero decir, era lo que ella quería hacer. ¿Cómo podría saber cómo resultaría?"

"¿Qué hay de su sufrimiento? ¿Quieres llevar ese recuerdo contigo por la eternidad?"

"No. No, no lo sé" susurra.

"Entonces atraviesa el portal y permanece un momento allí, reviviendo tu tormento. Acepta tu castigo, luego termina con él para siempre. Solo entonces podrás liberarte de tu mortaja sin vida para estar de nuevo con tus seres queridos."

El remordimiento es más de lo que Billie puede soportar y cede a la creencia de que se justifica algún castigo. Decidida a hacer cualquier expiación para regresar con su familia, Billie toma la decisión de sentir esa aceleración del sacrificio, esa agonía momentánea que limpiará sus pecados. Pero justo cuando está a punto de cruzar el umbral, un clarín de advertencia resuena, congelando su espíritu en el aire.

"¡Ni un paso más! ¡O será el último, Billie Nickerson! No hay vuelta atrás desde La puerta izquierda" advierte la mujer sin nombre, volviendo rápidamente al lado de Billie.

"Pero si pudiera volver a ver a mi familia..."

"Nunca. No ahí. El Lado Oscuro miente. Su naturaleza perversa es dar un castigo innecesario. Debes confiar en lo que te digo."

"Yo... no lo sé. El Lado Oscuro me advirtió que no estabas siendo sincera conmigo."

"Así es como funciona el mal. Ya sea que esté dentro de ti

como tu lado oscuro o en el mundo mortal, debes luchar contra él de cualquier forma que puedas."

"¿A quién le creo? ¿*Qué* creo?" ella implora.

"Cree en el amor, Billie. Cree en aquellos que te aman, siempre te han amado y siempre te amarán."

"Isaac lo hizo. Sally lo hizo. David lo hizo, alguna vez. Y ahora me odia."

"¿Quién oró por ti cuando agonizabas en esa camilla? ¿Quién habría cambiado de lugar contigo cuando el aliento abandonó tu cuerpo? ¿Quién daría lo que fuera por tenerte en paz y en reposo?"

Las lágrimas de Billie fluyen como perlas y encuentran su camino hacia los corazones abrumados de su hija, su esposo y su hijo. "Ellos lo harían" lo sabe en el fondo. "Ellos lo harían."

CAPÍTULO ONCE

Moviéndose con la velocidad de los ángeles que no están atados a las restricciones del tiempo y el espacio, la mujer sin nombre llega al Salón de la Justicia para pararse ante los Ancianos y suplicarles que intervengan en la Gráfica de Vida de Billie Nickerson.

"No debe entrar en el Lugar de Retención donde su Lado Oscuro se burla de ella con sentimientos de culpa humana. Pensé que sería lo suficientemente fuerte para resistir o que mi guía sería suficiente para que ella eligiera la luz del Otro Lado. Pero ella vacila. Aparentemente he fallado."

"No hay ningún fracaso sobre ti" dice uno de los Ancianos. "Al igual que con todas las almas, Billie Nickerson tiene la libertad de elegir qué camino tomará, incluso en el más allá, incluso si eso significa sucumbir al mal que la destruiría."

"Pero por favor, mire su gráfica. Es imperativo que elija correctamente, porque está escrito que debe inspirar a su hijo a logros heroicos."

"Parece que ella le ha enseñado bien. Ella ha sido una inspiración. Ahora está solo."

"Pero" la mujer sin nombre insiste, "Billie lucha contra esta idea. Ella todavía se aferra a algunos de sus sentimientos terrenales. El hecho de que su hijo declarara que la odiaría si moría ha supuesto una enorme carga para su alma. Ella está atormentada por las dudas sobre su propósito de aquí en adelante."

"¿Cuál es tu deseo?" pregunta el Anciano.

"Una intervención de emergencia. Mostrar el amor y la compasión, la sabiduría por la que eres venerado."

Los Ancianos deliberan sobre la situación en silencio, desapasionadamente, para ellos, no en un cuerpo gobernante. No crean leyes ni decretos y rara vez interfieren en el viaje de un alma.

"Hemos decidido, en el mejor interés de Billie Nickerson, que comparezca ante nosotros y exponga su caso. Parece que ha muerto antes de tiempo. No estaba destinada a estar aquí tan pronto."

"¿Fue un error?" la mujer sin nombre ha sabido que esto ocurre, pero se pregunta cómo pudo haberlo dejado pasar por alto. Es admirada por su cuidadosa atención al más mínimo detalle cuando un alma está al borde de la muerte. "Entonces sería misericordioso intervenir. Se le debe mostrar una forma de estar en paz con su prematura decisión de morir."

"No estamos tan seguros de que haya sido su propia decisión."

La mujer sin nombre se sorprende al escuchar esto. ¿Cómo podría alguien más interferir con el destino de Billie? ¿Qué tipo de influencia tendría este otro ser sobre ella para hacerla morir antes de tiempo?

La mujer sin nombre reflexiona sobre las circunstancias de la inminente muerte de Billie después de su accidente y el escenario cobra gran importancia a medida que los cirujanos trabajan febrilmente para reparar un vaso sanguíneo roto junto al corazón de Billie...

"¡Ella está decayendo!"

No luches contra eso, Billie. Estoy aquí contigo. Déjate ir."

"Detengan las compresiones... Comprueben pulso..." "No hay."

Eso es todo, querida. Solo unos segundos más ahora y podremos andar juntos el camino.

"Carga las paletas a 300... ¡Despejen!" Las repetidas descargas eléctricas no logran revivir a Billie y ella se queda sin fuerzas. A regañadientes, los médicos aceptan que no pueden hacer más por salvar su vida.

"¿Quieres declararlo?"

"Hora de la muerte 17:40."

"¡Espera, espera!" El pulso en el monitor es débil pero medible. Un médico revisa la respuesta de sus ojos, mientras que el otro revisa la respiración de Billie.

"Sin respuesta en las pupilas. Sin actividad cerebral."

"No hay sonidos respiratorios."

"Sin embargo, el monitor muestra un pulso." El médico coloca su estetoscopio sobre el pecho de Billie. "Es errático y débil. No es posible. Pero intubemos y tal vez..."

No lo dudes, Billie. Tu tiempo en esta tierra ha terminado.

No, espera. Tengo miedo. No quiero irme todavía.

Lo sé. Pero recuerda que esto es lo que tú quisiste. Y es mi tarea facilitar tu transición, llevarte donde debes residir por la eternidad...

La mujer sin nombre está devastada. Como guía de Billie, fue ella quien la convenció de abandonar su mortalidad. Billie no quería irse. En ese momento había cambiado de opinión, pero la mujer sin nombre era inquebrantable en su creencia de que este era el momento de morir de Billie.

Recordó cómo el hijo de Billie, David, estaba enojado y angustiado porque su madre no se esforzaba más por vivir.

"Mamá" había susurrado. "Sé que estás ahí. Sé que puedes

oírme. Regresa a nosotros. Solo esfuérzate más. Yo sé que puedes hacerlo. Me enseñaste todo lo que sé, la música, el lenguaje de señas, me enseñaste a nunca rendirme sin importar nada. Por favor, por favor. No te rindas ahora."

Agarró desesperadamente la mano de su madre.

"¡No! ¡Mamá, si mueres, te odiaré para siempre! ¡Nunca te perdonaré por dejarme!"

¡No me dijiste que me odiaría! ¡Por favor, tráeme de vuelta para que pueda explicarlo!

Es demasiado tarde, Billie. No podemos traerte de vuelta. Este fue el trato. Tu vida por el alma de David, por sus dones al mundo.

"Es demasiado tarde" había dicho la mujer sin nombre. Fue *ella*, la guía de Billie; el único espíritu que actuaría conforme a lo que más le convenía en su vida y en el más allá, quien había dejado la decisión de vivir o morir fuera de sus manos.

Los Ancianos ahora entienden, pero sin juzgar a la mujer sin nombre, quien se juzgará a sí misma.

"El Gráfico de Billie también ha señalado que tiene muchas lecciones que aprender en muchas otras vidas antes de que pueda estar lista para inspirar el corazón de su hijo nuevamente."

"¿Y en cuanto a mi función?" pregunta la mujer sin nombre, sabiendo intuitivamente la respuesta. "Me haré a un lado. Ella estará a su cargo a partir de este momento."

Al escuchar la noticia de que fue un error para ella morir tan pronto, Billie implora al Consejo que le permita regresar, incluso si está en un cuerpo diferente al de alguien que su familia no conoce. Solo por la oportunidad de corregir sus errores y guiar el camino de su hijo.

"Hay muchas lecciones de vida que primero deben aclararse" le dicen. "Esta es la única forma de corregir tus errores."

"¿Cuánto tiempo? ¿Cuántas vidas?"

"El tiempo no existe para un alma espiritual. Pasado, presente y futuro son una sola dimensión" le recuerda el Anciano. "Cuando aprendas esto, tus otras encarnaciones pasarán en un abrir y cerrar de ojos. Resiste y los momentos se expandirán en eones."

"No conozco otra vida que no sea la mía. No sabría cómo actuar, qué creer o qué hacer."

"Bueno, ese *es* el punto, ¿no?" Los Ancianos no se ríen con crueldad, sino de la ironía de la que caen presas todos los recién fallecidos.

Dispuesta a soportar la incertidumbre, el dolor y la agonía en vidas que no son de su elección o de su agrado, pero creyendo que las experiencias la acercarán más a su hijo, Billie se resigna a un número indeterminado de reencarnaciones.

CAPÍTULO DOCE

"¡Corre pequeña, corre lo más rápido que puedas!"

Los feroces gritos y aullidos pisan los talones a la niña, mientras ella y su madre intentan escapar sin aliento. La banda de merodeadores mongoles atraviesa la aldea, incendiando todas las casas, decapitando a los hombres, torturando a las mujeres y tomando como rehenes a los niños.

La pequeña y su madre se ponen de pie rápidamente mientras corren fuera de la vista de sus depredadores. Con los pies descalzos sangrando, se refugian en una cabaña desierta y jadean tratando de recuperar el aliento.

"Ya no puedo más, mamá" llora la pequeña. La madre envuelve a la niña con sus fuertes brazos y promete protegerla. "Descansaremos aquí por un rato. No nos encontrarán ahora."

Fatigadas más allá de su capacidad para mantenerse alerta, ambas se duermen y tienen pacíficos sueños de encontrarse seguras y en un lugar cálido, en un nuevo hogar, en una nueva aldea.

Pronto, su respiración se vuelve pesada, su pecho tenso e inflexible. Incluso en un sueño profundo, sienten que el aire es irrespirable y que algo las está asfixiando. La madre y la pequeña se despiertan justo cuando las llamas ineludibles las envuelven y el humo sofocante ennegrece sus pulmones.

Regresar a la tierra, dejar el santuario del más allá y la ligereza del ser para volver a caer en el pesado y agobiante cuerpo de la mortalidad, es la decisión más difícil que debe tomar un alma espiritual. Como alma principiante, las primeras reencarnaciones de Billie se manifiestan en ciclos de vida diversos e inconexos. Ella es hombre, mujer, madre, padre, hermano, con vidas tan mundanas o sensacionales como uno pueda imaginar. Vive mucho, muere joven o se encuentra con finales violentos.

Billie está exasperada por su propia incapacidad para elegir una vida productiva y significativa. ¿Es víctima de su propia discordia interna? se pregunta. ¿Son crueles bromas cósmicas o la ironía de sus propias decisiones equivocadas? ¿Siente alguna necesidad de castigarse, atrayendo experiencias de vida horribles? *¿Es porque dejé a mis padres solos para perseguir mis propios sueños? Si me hubiera quedado, ¿seguirían vivos? ¿Podría haberlos salvado de ese edificio en llamas?*

Ella recuerda los abortos espontáneos que tuvo, las pequeñas almas cuyas vidas terminaron antes de que comenzaran. *¿Cambiaron de opinión acerca de haber nacido de mí porque no era digna de ellas, o porque había una vida mejor esperándolas con otra madre? ¿O decidieron morir sabiamente sabiendo que tenían que dejar paso para que naciera David?*

"¿Podré conocer siquiera una vida serena? ¿Una existencia que sea el trampolín hacia mi verdadero deseo?" Billie se dirige al Consejo. "Tiene que ser mi compensación por toda esta agonía. De lo contrario, ¿cuál es el punto?"

"La vida y la muerte" le explican los Ancianos, "son meras piezas de un rompecabezas y cada vida es una piedra de toque y un vínculo con la siguiente y la siguiente, y finalmente con la última. La forma en que los espíritus aprenden a ensamblarlos, a crear el diseño básico de sus diversas vidas, determina si pueden pasar a un nivel superior de evolución del alma. Y así es contigo, Billie, ¿cuán ingeniosa puedes ser para crear tus experiencias de vida?"

¡Qué ingenioso, de verdad! Ocupar las vidas atribuladas de personas en la Tierra con las que no tiene ninguna relación es la antítesis de su verdadero objetivo. La vida no parece ser amable para las mujeres jóvenes o viejas, en la cadena de vida kármica de Billie, ni tampoco es mejor como hombre. El karma es neutral en cuanto al género y ofrece lecciones duras por igual. Pero ninguna de estas experiencias se mantiene ni cumple su misión, ni deja ninguna marca significativa y así se olvidan y se las lleva como susurros en el viento.

Agotada por su aparentemente interminable flujo de encarnaciones y con la esperanza de que pronto borre sus obligaciones kármicas, Billie se para ante la Ventana del Tiempo, mirando a sus seres queridos avanzar sin ella. Ella está lo suficientemente cerca para tocarlos, pero todavía existe esa irritante separación dimensional.

Si tuviera un corazón humano, lo sentiría palpitar y aletear de entusiasmo cada vez que los viera. También estaría el dolor que conlleva sentirse triste y angustiada por lo que tienen que soportar sin ella. Pero incluso sin un corazón humano, Billie sabe en el fondo de su alma que sus vidas todavía están entrelazadas con la de ella, que su vínculo es atemporal y sin fin.

Y así, ella persevera.

Mientras no se rinda ante el "cruce" requerido que es el destino de los muertos, mientras se aferre a la convicción de que de alguna manera puede influir en sus vidas, sabe que volverá a estar con su familia.

Para hacer soportable la espera en este hermoso espacio de tiempo entre tiempos, Billie recurre a la única pasión que la liberó de todas las desilusiones, problemas y tristezas de la vida mortal. Lo único que elevó su corazón y la unió al significado de la vida y a su hijo: la música, la música gloriosa y divina, la música con la que fue dotada y a su vez, le fue regalada a David. Mientras crea e interpreta, llenando el éter de armonías que alivian y levitan, puede sentir la presencia de su hijo y él puede sentir la de ella, como si estuvieran tocando a dúo inspirado en la memoria del otro.

Acaricia las teclas del piano con amor y la habilidad de un artista, escucha las melodías y los acordes fluir fácilmente de sus dedos, se permite ser un canal para la música duradera creada por inspirados maestros. Con cada nota, ella también observa y contempla, fantaseando su escape del más allá.

CAPÍTULO TRECE

David y Sally Nickerson aman a su padre, pero en los meses después de la muerte de Billie, él se ha vuelto tan distante y lleno de culpa, que no puede conectarse con sus hijos como antes. Isaac desprecia especialmente la afinidad de David por los cristales y el ocultismo que su hermana Dorothy fomenta al traerle nuevas "rocas" mágicas, después de cada una de sus excursiones al extranjero. Esto también fue obra de Billie y su ruina. Su creencia obsesiva en lo paranormal los separaba cada vez más. No podía competir con eso, ni siquiera entenderlo.

Isaac lamenta tan amargamente que su hija esté atada a una silla de ruedas por el accidente que causó, que está ciego a su espíritu alegre y la luz en sus ojos. O tal vez le moleste que la luz en esos ojos sea solo para David, el hermano al que adora. Como su padre, decide recaudar el dinero para la operación que podría ayudarla a caminar de nuevo, pero en el fondo está aterrorizado de que la operación también pueda matarla.

"Te daré una parte de mis regalías por los nuevos diseños de barcos, Nathan. Es la única forma en que podría devolverte el dinero."

"Si son tan buenos, Isaac, ¿por qué no dármelos directamente y yo financiaré las facturas médicas de tu hija?"

"No puedo hacer eso, Nathan" declina Isaac. "Soy un contratista independiente y los diseños me pertenecen."

"Puede que tengamos que pelear contra eso en la corte" amenaza sutilmente Nathan.

"Por el amor de Dios, Nathan, ¿no puedes ser humano con esto y ayudar a una niña a caminar de nuevo?"

"Eso sería sentimental de mi parte, algo que no puedo permitirme de mezclar con los negocios."

Billie camina de un lado a otro deseando poder agarrar a Nathan Fischbacher por el cuello y arrancarle la vida. ¿Cómo se atreve a faltarle el respeto a la brillantez de Isaac o negarse a adelantar a Isaac el dinero para la operación de Sally?

Golpea la ventana con los puños, pero no hay sonido excepto un eco sordo. Ningún grito o chillido traspasa esa separación invencible entre Billie e Isaac. En el vacío ella jura: "¡Pagarás por esto Nathan! ¡Por Dios, te haré pagar!"

La mujer sin nombre está fuera de sí. Sabe que no puede intervenir directamente o apelar a los Ancianos, le ruega a Dorinda que la ayude.

"Es mi culpa, Dorinda. No logré guiarla adecuadamente y murió demasiado pronto. No entiendo cómo pude haber hecho algo tan desastroso."

"No es momento para recriminaciones" consuela Dorinda a su amiga.

"Pero está tan desesperada por abrirse camino que temo que Billie haga algo tan contrario a su mayor bien que la destruya."

"Elaboraré un plan que arreglará las cosas" promete Dorinda. "El objetivo principal siempre ha sido llevar a David a su destino, así que tengo que encontrar la manera de ayudarlo a lograr ese objetivo."

"Puede que se nos esté acabando el tiempo. Si Billie no puede comunicarse con él, ¿cómo sucederá? ¿Sabrá qué hacer?"

"Tengo que consultar con el más alto sabio y de mayor autoridad de los Ancianos."

"¿Te refieres al Otro?"

"Exactamente."

El alma de Dorinda es del nivel más avanzado. Ella ha pagado sus deudas kármicas, ha sido una guía espiritual amada y venerada a lo largo de milenios de vidas. Pero nunca ha estado al borde del precipicio de un momento tan importante en el tiempo y no está segura de cómo proceder.

"Nunca te había hecho una petición así, nunca imaginé que la haría. Pero estaría dispuesta a renunciar a mi puesto espiritual para volver a estar unida a la tierra, para poder ayudar a corregir un error —la muerte prematura de Billie Nickerson— y poder ayudar a guiar a su hijo a su vocación."

"Esto es muy inusual" comenta el Otro. "Ningún espíritu en su nivel de iluminación ha tenido esta aspiración desinteresada. ¿Por qué es tan importante para ti?"

"Es importante para el mundo. Su madre no ha evolucionado lo suficiente como para contactar con su hijo y me temo que el tiempo se acaba. Hay acontecimientos en el mundo que David debe corregir, pero necesita inspiración y guía. Y un pequeño empujón espiritual."

"¿Y crees que puedes lograr esto?"

"Sí, lo creo. Preveo la dirección que debe seguir David y puedo ayudar a conectarlo con las experiencias adecuadas."

"Si crees en esta búsqueda Dorinda, yo creo en ti. Te concederé tu deseo de volver a la tierra. Pero debes saber que siempre estaré a tu lado, porque tus desafíos serán muchos y la voluntad de un simple mortal no será suficiente para enfrentarlos.

Conservarás algunos de tus poderes espirituales, porque los necesitarás para tener éxito."

"Estoy agradecida. No te fallaré."

Antes de que Dorinda sea excusada, el Otro plantea una pregunta: "¿Qué hay de Billie Nickerson? ¿Qué hay de su anhelo de volver a su antigua vida? ¿Tu intervención ayudará a que su hijo la calme? ¿Impedirle que lo intente?"

Dorinda hace una pausa, pero solo brevemente. Con una sonrisa, ella responde: "Conociendo a Billie, nunca se rendirá. Ella es un desafío y tú y los Ancianos tendrán que ser más creativos en su trato con ella."

CAPÍTULO CATORCE

Mientras David lamenta la pérdida de su madre, soporta el triste peso de la parálisis de su hermana y se siente impotente para ayudar a su padre a lidiar con la abrumadora culpa, su música se vuelve secundaria en su vida. Le recuerda demasiado lo que perdió al morir su madre. Se llevó consigo el amor por la música que le había entregado. Tocar las teclas es demasiado doloroso, no escuchar la música es más agonizante que desafiante.

En cambio, encuentra consuelo trabajando con la colección de cristales que le dieron su madre y su tía. Representan un poder que puede ver y sentir, uno que está decidido a comprender y dominar.

Es una hermosa tarde de verano cuando David se arrodilla en la arena, saca las gemas de una bolsa que lleva y comienza a ordenarlas en círculo.

Sally maniobra su silla de ruedas a lo largo del muelle privado de la casa y baja una rampa especialmente construida para permitirle llegar a la playa junto a él.

David levanta la vista para verla. "Hola, Sally. No sabía que estabas aquí."

"¿Qué estás haciendo con tus cristales?" Sally hace señas con tanta destreza como David y sus conversaciones las alternan entre señas y lectura de labios.

"Les di una buena limpieza nocturna en el agua salada y quiero dejarlas al sol un rato."

"¿Por qué estás haciendo eso?"

"He estado trabajando mucho con ellas últimamente y necesitan revitalizarse" explica David. "Una buena tormenta eléctrica también ayudaría a fortalecerlas nuevamente y podría estudiar mejor su estructura molecular individual y patrones vibratorios, pero no parece haber muchas posibilidades de eso hoy."

Sally comparte la fascinación de David por las "rocas mágicas" más por adoración a su hermano mayor que por afinidad por los cristales mismos. Pero ayuda el hecho de que sea capaz de hacer reír y divertir a Sally mientras la entretiene con sus historias inventadas sobre el significado de cada cristal.

"Háblame de ellas otra vez David, de dónde vienen y cuáles son sus poderes."

"Bueno" David sabe que Sally prefiere las leyendas místicas a todas esas cosas científicas sobre átomos, neutrones y protones. Así que juega en estas sesiones con su hermana hasta el final, dándole las descripciones más imaginativas que puede evocar.

Sostiene un cristal de cuarzo de color violeta intenso. "Esta es una amatista" comienza David. "Se usaba en culturas antiguas como amuleto para prevenir la embriaguez. En cambio, la gente se drogaba."

La cola de caballo rubia de Sally se balancea alegremente cuando echa la cabeza hacia atrás y se ríe.

Una a una, David toma una piedra de colores brillantes y

teje una historia tonta y fantástica, deleitando a Sally con cada palabra.

Enséñame la bonita de color rosa. Es mi favorita."

"Es hermosa, ¿no?" David sostiene un cristal de color rosa intenso. "Funciona en la frecuencia de la fe y el amor incondicional." Hace la señal de la palabra amor y le da el cristal a Sally para que lo sostenga. "Voy a poner este grupo en un colgante para que lo uses junto a tu corazón. Ahí es donde realmente pertenece."

Los ojos de Sally se empañan y ella también hace señas mientras susurra: "Oh, David; yo también te amo." Pero cuando ve una Singer, grita de alegría. ¡David! Déjame ver esa."

David sostiene la Singer, un cristal de cuarzo blanco con forma única de barco, para que pueda verla desde todos los ángulos. "¿No es excelente?"

Sally está casi sin aliento. "¡Parece un barco de vela! ¡Nunca había visto nada igual!"

"No hay otra igual en todo el mundo" se jacta David. "Yo la llamo mi Clíper de Cristal" dice y señala, "es una nave que me llevará a lugares mágicos y lejanos, con la ayuda de mi imaginación, por supuesto."

"Oh, David, ¿no sería maravilloso si pudieras navegar hacia un lugar mágico donde todos tus sueños podrían hacerse realidad?"

"Y si lo hiciera, te llevaría conmigo Sal, a un lugar donde caminarías, bailarías y volverías a ser feliz." Él hace girar su silla de ruedas unas cuantas vueltas.

"Y donde pudieras escuchar de nuevo" agrega Sally, como si el sueño pudiera ser posible. "Entonces, si vamos a navegar en la Clíper de Cristal, ¿no sería mejor que revitalizaras todas tus rocas mágicas? Parece que va a llover en cualquier momento."

David mira hacia arriba, sorprendido al ver que comienzan

a aparecer nubes oscuras. "Sí, capitán. Tienes razón. Este podría ser un buen momento para probar esa nueva formación de energía sobre la que acabo de leer."

Billie se siente tranquila al ver a hermano y hermana unirse con amor y admiración. Pero cuando David comienza a experimentar con una poderosa red cristalina, Billie intenta frenéticamente advertirle que no juegue con algo de lo que no sabe nada. Por supuesto que no puede oírla y Billie está preocupada.

David toma una pequeña ramita y dibuja una pirámide en la arena. Luego dibuja una pirámide invertida sobre el otro patrón, creando una Estrella de David de seis puntas.

Sally arruga la nariz. "¿Qué es una formación de energía?"

"Realmente se llaman patrones de cuadrícula. No sé mucho sobre ellas todavía, pero se supone que esta doble pirámide es muy poderosa para algo. Tendré que leer más sobre eso."

"David, ¿crees que ya deberías experimentar con eso? Podría pasar algo terrible."

Pero David no se da cuenta de su preocupación. Ya está colocando un cristal estratégicamente en cada punto de la estrella, con la brillante Singer en la cúspide de la pirámide.

Justo cuando completa el patrón de cuadrícula, un rayo crepitante atraviesa el cielo, se desliza por la superficie del agua y golpea a la Singer de lleno. Actuando como un conducto de energía, la Singer transmite el rayo a cada cristal en la rejilla, adornando la arena con una furia caleidoscópica. La fuerza arroja a David sobre su espalda y lo deja inconsciente.

Billie siente miedo. Pero peor aun, cuando se da cuenta de que Sally ha desaparecido por completo de su silla de ruedas, el miedo de Billie se convierte en terror. Ella grita para que David se despierte, para que alguien lo ayude.

"¡Déjenme salir!" Billie grita, golpeando inútilmente la

ventana, pero sin producir ningún sonido. "¡Déjenme ayudarlo! ¡Tenemos que encontrar a mi hija!"

Una fuerza abrumadora repentina la aleja de la Ventana del Tiempo, impidiéndole saber lo que le ha sucedido a sus hijos.

"Aun no te has ganado el derecho a intervenir."

"¿Qué tengo que hacer? No entiendo. ¿Cómo puedo ganarme el derecho?"

En un túnel de sombras, desprovisto de luz o esperanza, un espíritu lúgubre se cierne alrededor de Billie, un alma amargada y enojada con la que se siente familiarizada pero que no puede reconocer del todo.

"Quiero que te vayas de aquí, Billie; pero no como un santo salvador. Vuelve a la Tierra y sufre la pérdida de tus hijos y de tu marido."

"¡Cómo te atreves! ¿Por qué quieres atormentarme? Ni siquiera te conozco."

"Sí me conoces. Intenté advertirte un par de veces, pero no me escuchaste. Ni cuando aparecí en tu habitación antes de tu boda, ni cuando bailé en tu piano y me deleité casi matándote del susto."

"¿Ese eras tú?"

"Sí. Uno y el mismo, que también te ofreció la oportunidad de reencarnar a través del Lugar de Retención, pero fuiste demasiado cobarde para correr el riesgo."

"Me advirtieron sobre *ti*. Por eso cambié de opinión."

"Te advirtieron y ¿qué conseguiste? Nada. Solo más frustración de pie frente a esa estúpida Ventana del Tiempo, sin poder tocar a tu familia, a tu amado hijo."

"¿¡Qué pudiste haber hecho!? ¿Por qué debería confiar en ti?"

"Porque ahora quiero que regreses, que lo hagas como alguien que no conocen y no quieren conocer."

"Pero ¿por qué? ¿Tú qué sacas de esto?"

"Así como tu hijo te odia por haber muerto, nunca te perdonaré por desearme la muerte."

"¿De qué estás hablando? ¿Quién er...? oh, Dios mío." Cuando el velo de la oscuridad se levanta, Billie ve a la entidad que tiene ante sí. Los orbes huecos se transforman en penetrantes ojos azules, su aura cambia de un marrón oscuro a un azul suave. Billie sabe de inmediato quién es. "Eres tú."

"Sí, Billie. Soy yo. Abandonada y olvidada."

"¿Olvidada? Nunca. Pero ¿de qué estás hablando? Nunca deseé que murieras. ¿Cómo puedes decir tal cosa? Eres mi hermana mayor y te amo, siempre te he amado."

"Me animaste a arriesgar mi vida uniéndome a esa protesta sin sentido en el campus. ¿Recuerdas?"

"No lo hice. Fuiste de buena gana. ¿No te *acuerdas*?"

"No. Fue tu ideología pacifista incondicional lo que me convenció, Billie."

"No me culpes por tu decisión. Yo era tan joven e idealista, pero tú siempre fuiste cabeza dura. Nadie podría haberte convencido, ni siquiera yo."

"Prácticamente me lavaste el cerebro con tu pontificación. Puedo ver en tu triste vida que nunca cambiaste."

"No entiendo lo que estás pensando ahora, Fallon. Yo te admiraba Me inspiré en tu valentía. ¿Cómo podría haber sabido que estallaría la violencia, que algún guardia abriría fuego contra un grupo de estudiantes universitarios que se manifestaban contra la guerra?"

Billie respira hondo, reuniendo algo de compasión. "Fallon, mi querida hermana, lamento mucho que hayas muerto. Pero a estas alturas ya deberías haber cruzado para encontrar algo de paz. En lugar de eso, andas por ahí como un fantasma torturado. ¿De qué sirve eso?"

"Podría hacerte la misma pregunta, Billie. ¿Qué te hace

pensar que eres tan especial que puedes volver a la Tierra y guiar a tu hijo a algún tipo de destino mesiánico?"

"Yo... me dijeron que era mi misión. Porque *David* es especial, no yo. Tiene los dones que pueden hacer del mundo un lugar mejor."

"Bueno, déjalo para que lo haga solo. No regreses solo para estropearle las cosas."

"*Tengo* que volver, Fallon. Morí demasiado pronto."

Fallon se ríe histéricamente. "¿*Moriste* demasiado pronto? Bueno, eso me hace sentir mejor. La venganza ya no es mía. El Destino lo ha hecho por mí."

"No lo entiendes. Mi ausencia le está causando tal dolor a David que no puede ver lo que tiene enfrente. Le está haciendo cometer errores desastrosos."

"Cegado por su odio hacia ti, por elegir morir cuando podrías haber vivido si hubieras tomado las decisiones correctas."

"No, no; fue un error. Mi guía cometió un error. Ella no me escuchó. Había cambiado de opinión en el último minuto. Incluso los médicos lo sintieron, el latido débil del corazón, mi esfuerzo por mantenerme con vida."

"Oh, por favor; Billie. No tienes que culpar a tu guía, la mujer sin nombre. Eres tú, por no llevar puesto el cinturón de seguridad. ¡Algo tan básico y simple podría haberte salvado la vida!"

"Eso no importa ahora. Todo lo que importa es mi familia, mi hijo. Está confundido acerca de lo que debe hacer y por qué fue elegido para hacerlo. Por favor, no te enojes conmigo, Fallon. Ayúdame. Como tu hermana. Si conoces el camino de regreso, ayúdame."

"Sí, te ayudaré, Billie. Pero es posible que desearás que no lo hiciera."

CAPÍTULO QUINCE

UNA ÚLTIMA REENCARNACIÓN

Mientras Billie se precipita hacia abajo desde el más allá, las experiencias de la vida pasan como un relámpago. Las imágenes holográficas bailan ante ella encerradas en la bola de cristal de Dorinda: un barco reluciente y fantasmal que ella no reconoce aparece entre la niebla; el sonido de una música dulce deleita el aire, pero es una canción que nunca ha escuchado.

Allí están Isaac, Sally y David junto a su tumba colocando flores junto a su lápida. Frenéticamente, Billie desea que los pétalos giren en el aire, que bailen con alegre abandono y luego se queden tan quietos como los espíritus del cementerio. Con el corazón tan pesado como podría haberlo estado en la vida mortal, Billie lamenta su ineficacia cuando su familia se va sin reconocer la señal.

Querida familia, ¿no sabían que era yo quien intentaba comunicarme con ustedes? ¿No sintieron mi espíritu en las flores revoloteando, mi toque en la brisa?

Extrañamente, se sitúa a un metro por encima de la realidad, el mundo real donde reside su familia. La topografía por la que camina es un reflejo de la suya, pero es un paisaje tan puro como uno puede imaginar, un reflejo de la tierra de hace miles de años cuando los cuerpos de agua eran claros y azules, donde las montañas y las costas estaban perfectamente intactas y donde las maravillas arquitectónicas son asombrosamente nuevas y no están marcadas por el tiempo ni las transgresiones.

Por encima de la fascinante vista, puede oler la comida en los restaurantes, escuchar la charla en los cafés, moverse al ritmo de la música en los mercados. Ella se materializa en una ciudad sofisticada y ordenada en un continente inexplorado, rodeada por las aguas oceánicas más azules que fluyen y refluyen hasta el infinito. Puede ver y sentir la euforia y la vitalidad de la ciudad conocida como Coronadus, donde cientos de hombres y mujeres construyen y embellecen el paisaje con pasión y orgullo.

Las calles están dispuestas simétricamente para facilitar el desplazamiento. Todas las comodidades y necesidades de una civilización floreciente están al alcance de la mano. Pero son los grandes salones los que la fascinan: uno para Ciencia y Naturaleza, Medicina y Curación y Comprensión Humanística.

Uno más, erguido majestuoso en la colina más alta del paisaje es el Templo de la Música y los Milagros. Brilla como una joya, una estructura cristalina monolítica que asombra a la mente con su belleza. Que exista tal arquitectura e ingenio demuestra una cultura con respeto por la educación superior y una conciencia social compasiva.

En marcado contraste con la belleza arquitectónica está el muro de piedra caliza que rodea completamente la ciudad, con torres defensivas en la puerta principal que albergan guardias armados. Parece imposible que una sociedad tan culta alguna vez sea víctima de ejércitos invasores o entretenga la noción de batalla, pero en el fondo de su psique sabe que es posible, porque existe un lado oscuro en todo y en todos, latente y esperando.

La nueva vida de Billie, desde el renacimiento hasta la edad adulta, pasa rápidamente en un abrir y cerrar de ojos. La infancia es un recuerdo, porque no sirve para nada para lo que está a punto de encontrar en Coronadus.

Ahora se le conoce como Mina, una dependienta que trabaja en el Emporium, atendiendo feliz a los clientes que la tratan con cortesía y sonrisas de bienvenida. La mayoría de ellos no ofrecen información personal ni preguntan sobre los suyos, pero compran en vano artículos de alta calidad, costosos y a menudo frívolos, pagando en efectivo sin preguntar el precio.

El cliente favorito de Mina es una mujer escultural que tararea una melodía cadenciosa mientras mira algunas hermosas piezas de arte, artículos preciosos ricos en historia y belleza que no son solo para la vanidad. Mina ha escuchado rumores de que la mujer es parte de una familia prominente, es respetada y venerada y ocupa una posición alta en la comunidad. Desearía que esta familia fuera la suya.

Sintiendo una conexión inmediata e íntima con esta mujer, por razones que aún no ha entendido, Mina se siente libre de confiar en ella.

"Realmente no recuerdo a mi familia biológica" dice Mina. "No recuerdo mucho de nada antes de venir aquí. Me dijeron que estaba muy enferma y que tenía amnesia. Una amable agencia me proporcionó un pasaje a Coronadus porque sentían que el aire del mar me curaría. Eso es todo lo que sé. Por el contrario, por lo general no me detengo en el pasado."

"¿Entonces estás sola?"

"Sí, me temo que sí."

"Entonces, por favor, entérate de que tienes amigos aquí. Mi familia también será la tuya."

Emocionada por la invitación a cenar a la casa de Bianca,

Mina usa su vestido rosa favorito, en realidad el único vestido que posee que sería apropiado para la cena.

Con elegancia, Bianca viste un caftán colorido y un tocado de seda, ambos con remolinos de colores vivos que acentúan sus ojos azules tan claros y profundos como el océano. Mina solo puede asumir que el cabello de Bianca es rubio porque su tez es impecablemente marfil.

Su hija, Saliana; es casi el reflejo de su madre, con una cascada de rizos rubios rojizos, piel suave y ojos brillantes y amigables.

Ishtar, por otro lado; es un apuesto hombre de cabello oscuro con una barba perfectamente recortada a juego y tez color caramelo. Él y la sobrina y el sobrino de Bianca, Maati y Sokar, también se ajustan al color nativo. No era de extrañar que Bianca fuera rubia e Ishtar moreno, pero que Saliana favoreciera tanto a su madre era curioso.

"Fue una comida maravillosa, Bianca. La mejor que he tenido desde que me mudé aquí."

"Bianca tiene una mentora culinaria que amablemente comparte sus recetas y su estilo único para condimentar." Esto, lo menciona una visitante inesperada que acaba de aparecer de la nada.

"Falana" Bianca le da la bienvenida a su hermana. "No te esperaba tan pronto. También te habría invitado a cenar, para que conocieras a nuestra nueva amiga."

"Gracias Bianca, terminé temprano en el salón, así que pensé en recoger a mis hijos y quitártelos de encima."

"Sabes que me encanta tenerlos. Falana, ella es Mina; trabaja en el Emporium y es bastante nueva en Coronadus."

Encantada de conocerte, Mina. Me agradaría poder ofrecerte un recorrido por la ciudad en cualquier momento."

"Me encantaría, Falana." Esta chica, con una cabeza envidiable de brillantes ondas negras y labios color granada que embellecen aún más una tez cálida, hace que Mina se interese aún más en la diversa línea de sangre de esta familia. En silencio, se lamenta de que su propia apariencia sea una mata poco impresionante y desaliñada de cabello castaño color de ratón, tez rubicunda y boca delgada e incolora. Se siente inadecuada en esta sala de gente hermosa.

"En ese caso, pasaré por el Emporium este fin de semana."

Mina sonríe ampliamente ante la decisión y la confianza de Falana y se da cuenta de que le gusta tanto como le gusta Bianca, pero de una manera extrañamente diferente.

"Bueno, me complace que hayas hecho una nueva amiga, Mina" dice Bianca con sinceridad.

"Tantos nuevos amigos en un día. No puedo agradecerte lo suficiente, Bianca. Pero ya no quiero aprovecharme de tu hospitalidad, así que seguiré mi camino. Gracias por permitirme venir a tu hermosa casa."

"Oh, por favor no te vayas todavía. ¿Te gustaría conocer la casa?"

Todo en la casa está diseñado por expertos, construido magistralmente con líneas limpias y ordenadas. Todo el mobiliario, los tapices y cortinas, son simples y elegantes, ni femeninos ni masculinos, con toques de color atrevido que contrastan con las paredes blancas. Las puertas del patio están abiertas de par en par para revelar un hermoso jardín de flores, hierbas y verduras.

"Disfruto la vida natural." Dice Bianca. "Cultivo muchos de mis condimentos para cocinar, pero nunca recojo las flores. Pertenecen a su hogar natural."

Es obvio, ya que no hay un jarrón con un colorido ramillete de flores en ninguna de las mesas. Tampoco hay fotos en las mesas ni en el frente del desayuno. ¿Quizás otra resistencia a lo "antinatural"? Pero un elemento capta la atención de Mina. En una de las mesas cerca de la puerta del patio con una escultura de madera, una miniatura de un velero en perfecto detalle, encima de un pequeño pedestal para mantenerlo erguido.

Cuando Mina lo admira, Bianca se muestra evasiva. "Oh, solo una cosita que Ishtar talló para mí" explica.

"Ishtar" Mina se vuelve hacia el marido de Bianca con un cambio de tema, "Me intriga saber que Saliana es música."

"Sí, ella dará un recital en el Templo mañana por la noche. ¿Te gustaría asistir?"

"Oh, ven" añade Saliana. "Será divertido."

"Sí, sí. Sería un honor para mí."

Para llegar al Templo de la Música y los Milagros, que se encuentra en la colina más alta de una península, Mina realiza la caminata escénica a través de un puente que lo conecta con el continente de Coronadus. Subiendo los cristalinos escalones del Templo, Mina anticipa que algo mágico está a punto de suceder. Incluso antes de entrar al auditorio siente una energía que aviva su espíritu. La gente ansiosa se apresura a encontrar los mejores asientos antes de que comience el recital.

Ishtar y Bianca la saludan en el vestíbulo y la tranquilizan. "No te preocupes, Mina, tenemos asientos VIP especiales. Es útil conocer a la intérprete estrella y a su maestro musical." Ishtar presenta a Mina con Rami, el mentor de Saliana.

"Bueno, creo que lo conozco. Lo he visto en el Emporium" dice Mina.

"Sí, de vez en cuando aparezco solo para revisar mi negocio" le dice Rami.

"¿Es usted el propietario? ¿Y aun tiene tiempo para enseñar música?"

"La música es mi primer amor, pero como dicen; es bueno mantener tu ocupación diaria."

Mina lamenta no tener talento musical.

"Todo el mundo tiene algo de talento musical" la anima Rami. "Y estaré feliz de ayudarte a descubrir algunos de los tuyos. Tengo algunas vacantes en mi horario de enseñanza si estás interesada."

"No sé qué decir. Me encantaría, pero como sabe; gano un salario muy pequeño en el Emporium."

Rami se ríe jovialmente. "Bien, veamos. Podría darte un aumento o algunas lecciones de música."

"Oh, lecciones de música; por favor."

"Como quieras" dice Rami. "Hablaremos después de la actuación de Saliana."

Mina está fascinada con el diseño del auditorio del Templo. Es elegante sin ser ostentoso. El teatro de tres niveles tiene capacidad para unas 2,000 personas en el piso principal, el balcón y en los palcos muy por encima del escenario donde ella, Bianca e Ishtar ocupan sus lugares. Aunque no tiene educación en calidad de sonido, Mina sabe con la primera nota musical que la acústica de la sala es magnífica.

Saliana es una arpista con la habilidad de una virtuosa y la sensibilidad del tacto que solo un verdadero artista puede dominar. Y cuando canta, oh, cuando canta; es como si un ángel hubiera venido de visita para dar a la audiencia una vista previa de cómo suena el cielo.

CAPÍTULO DIECISÉIS

Ese fin de semana, con Falana como su guía personal, Mina pasea por todas las calles y sube a miradores que brindan una vista panorámica de la ciudad. Está impresionada con el paisaje, la arquitectura y especialmente, con el bullicioso entusiasmo de todos los que encuentra. Es como si la vida no se estuviera moviendo lo suficientemente rápido y ellos la empujaran, metiendo todos sus antojos personales en todos y cada uno de los días.

"Sí, puede ser bastante agitado en Coronadus" dice Falana, divertida por la reacción de Mina. "Todo el mundo parece tener algo urgente que hacer o algún lugar importante al que ir. ¿Qué tal algo más relajante, como un paseo en barco?"

"¿Tienes un barco?" La sonrisa de Mina es tan amplia como el mar ante la idea de navegar en aguas cristalinas.

"Sí. Mi esposo Dubri y yo salimos a menudo. Es todo un marinero. De hecho, tengo que encontrarme con él en el cobertizo para botes esta tarde, así que ven conmigo."

El agua ondula y salpica suavemente en los pilotes del cobertizo para botes. Mina y Falana se acercan a uno de los barcos, un elegante cúter con una vela adicional entre la vela de proa y la vela mayor, todas todavía envueltas y atadas. Aun así, se pueden ver los colores vibrantes de la seda y la tela de lona, que Mina supone que es impresionante cuando se despliegan.

Caminan por la pasarela hasta la cubierta y notan que la puerta del cobertizo para botes está abierta de par en par esperando a los botes que están listos para salir del canal hacia el mar abierto.

Mientras Falana se mueve a popa para revisar los chalecos salvavidas y otra parafernalia, Mina camina por la cubierta pasando las manos por los rieles pulidos y lisos y disfruta de la experiencia mística de estar a bordo de una embarcación tan hermosa. Las voces captan su atención y camina hacia ellos, pero vienen de abajo y atraviesan las pequeñas puertas de la cabaña inferior, que están entreabiertas. Intenta no escuchar a escondidas, pero lo que oye la confunde.

Por lo que puede deducir, Mina escucha a Dubri y su amigo Sechmet hablando de una "operación" un plan para coludir con algunos camaradas de una tierra lejana que quieren ayudar a apoderarse de Coronadus. Creen que hay algunos cristales valiosos y poderosos enterrados aquí que pueden conjurar una gran nave legendaria que contiene todo el conocimiento del universo. Se sospecha que la familia de Bianca tiene la posesión y Bianca sabe dónde están.

Al escuchar a los hombres comenzar a subir las escaleras, Mina se apresura al lado de Falana tratando de entablar una pequeña charla.

"Es un barco hermoso, Falana. ¿Me puedes hablar al respecto? ¿Tiene motor además de velas?"

"Sí. Tiene velas y motores, los dos. Los motores impulsan los barcos fuera de las zonas tranquilas y en la trayectoria de los vientos previstos donde se izan las velas. Luego se apagan los motores para que podamos navegar y disfrutar del silencio."

"Pero no cualquier tipo de motor" interviene ahora Dubri. "Tienen transmisores especiales y se pueden operar desde la costa, en caso de que nuestro equipo falle. Entonces no nos quedamos simplemente a la deriva sin un camino a casa."

"¿De verdad? Eso es increíble. Veleros teledirigidos. No creo que haya oído hablar de eso. Pero entonces no sé nada acerca de los veleros."

"Dubri, ¿a dónde fue Sechmet?" pregunta Falana, sin ver al amigo de su marido. "¿No estaba en el camarote contigo?"

"Se ha ido" responde Dubri con firmeza sin explicación. "Pongámonos en marcha y llevemos a nuestra invitada a hacer un hermoso viaje."

Con destreza, Dubri desata las velas una a una y las deja volar, controlando cada una con maestría para que el viento las llene por detrás.

En un entorno tan idílico, Mina cierra los ojos mientras la brisa fría y el agua salada acarician su rostro y el sol brillante alivia sus preocupaciones. Por un momento se olvida del presentimiento que sintió al escuchar a Dubri y Sechmet conspirar contra su amiga Bianca.

Pero más tarde, ella cuenta la conversación.

"Falana también es amiga, Bianca. Y lo que escuché me preocupa, por las dos. ¿Qué está pasando? ¿Puedo ayudar de alguna manera?"

"Gracias, Mina. Hiciste bien en decírmelo. Durante mucho tiempo he sospechado que Dubri tiene tendencias siniestras. Antes de conocer a Dubri, Falana y yo éramos muy unidas. Nuestra familia era muy respetada en Coronadus y se confiaba mucho en ella. Ese fue el legado que mi padre nos dio, uno de integridad y honestidad. Tuve la suerte de haberme casado con Ishtar, un hombre brillante y compasivo y un diseñador visionario.

"Falana no fue tan afortunada. Conoció a Dubri, el máximo

encantador que podía envolver a Falana alrededor de su dedo. Después de casarse con él, descubrimos que es un malhechor" dice Bianca con desprecio, "involucrado en un negocio turbio tras otro. Hasta que perdió nuestro respeto. Le advertí a Falana que se alejara de él, pero parece embriagada y temerosa al mismo tiempo."

"Es muy rudo" coincide Mina. "Cada vez que él exigía algo en la embarcación, Falana saltaba; pero trataba de mantener una actitud positiva, sonriéndome y haciendo caso omiso de su brusquedad. Pero ¿qué es eso de los cristales de los que habla? ¿Tan poderosos que pueden conjurar una gran nave misteriosa que quieren tener en sus manos? ¿Y por qué se confabularía con Sechmet para permitir que los enemigos de Coronadus vinieran aquí, trayendo peligro con ellos?"

"No puedo entrar en detalles sobre esto, Mina. Si supieran que tienes alguna información, tu vida estaría en peligro. Basta decir que mi familia, en particular mi padre, que descanse en paz, poseía estos poderosos cristales y los guardaba en un lugar donde nadie pudiera encontrarlos excepto, en algún momento en el futuro, su legítimo dueño... alguien que usaría su poder para propósitos buenos y justos."

"¿Y el barco?"

"Un recipiente que solo puede ser invocado por la misma persona que tenga la posesión de los cristales y sepa cómo usarlos."

Mina mira la pequeña escultura de madera de un barco que está sobre la mesa. "¿Tiene que ver con eso? ¿Ishtar es el dueño legítimo? ¿Sabe dónde están los cristales?"

Bianca tiene cuidado con sus palabras. "Solo digamos que Ishtar tiene una imaginación maravillosa y que ha tallado ese barco como un recordatorio para mí de lo que mi padre y sus sabios amigos representaban. No, Ishtar no es el dueño legítimo de los cristales, ni yo tampoco. Y ninguno de nosotros sabe dónde están. Pero eso no impide que Dubri y Sechmet sospechen de mí."

Lo que me has dicho se mantendrá en secreto para siempre, Bianca. "Haré lo que quieras que haga."

Al amparo de la noche, un grupo de militantes morenos desembarcan y se encuentran con Dubri y Sechmet en una cala apartada, fuera de la vista de las torres de vigilancia.

"Tenemos un alijo de armas a bordo que dominará a cualquiera que intente detenernos."

"No se preocupen" les dice Dubri, "los tomaremos completamente por sorpresa. El Consejo se reunirá esta noche en la Sala de Justicia. Allí no hay armas. Eliminaremos a algunos de ellos para hacerles saber que hablamos en serio y tomaremos uno o dos rehenes como ventaja. Aquí hay un mapa, pero quédense ahí hasta que los llame por radio para que procedan."

Cuando Sechmet y Dubri llegan al Centro Cívico, encuentran que la Sala de Justicia está vacía. Están enojados y Sechmet se desquita con su cómplice.

"¿Qué es esto, Dubri? Ni siquiera tienes un poco de inteligencia."

Exasperado, Dubri declara: "Siempre se reúnen a mitad de semana. Nunca se han perdido una sesión en 10 años."

Sechmet ve a un conserje que les dice que la Sala está en mantenimiento debido a un corte de luz. Tuvieron que mover la reunión en el último minuto.

"¿Dijeron adónde iban?"

"No. Pienso que simplemente la cancelaron. A todos se les dijo que se fueran a casa."

Sechmet no lo cree, pero no quiere despertar las sospechas del conserje. Se comunica por radio con la tripulación para que esperen. Necesita averiguar adónde fueron Bianca y el Consejo.

Mina y Falana se encuentran con Dubri y Sechmet en la plaza. "¿Quién está en casa con Maati y Sokar?"

"No te preocupes" le asegura Dubri a su esposa. "Tengo a los vecinos cuidándolos por un tiempo. Pero pensé que iban a estar con tu hermana esta noche."

"No, creo que tiene una reunión con el Consejo."

"Oh, eso lo explica" dice Dubri. "Bueno. Tengo algunos asuntos para ellos."

"Si es el de la Sala de Justicia, creo que ha sido cancelado" dice Mina. "Escuché a algunas personas hablando."

"Eso es extraño" dice Falana. "La vi dirigirse hacia el Centro Cívico antes."

"Necesito que lo averigües por mí, Falana. Tengo algunos asuntos urgentes que abordar con ellos, así que necesito saber dónde se reunirán y cuándo."

"¿Qué te hace pensar que lo sé?"

"Ella es tu hermana. Averígualo" exige Dubri.

"Oh, por el amor de Dios, Dubri. ¿Tienes que ser tan grosero?"

"Hablemos de esto en otro lugar." Dubri toma el codo de su esposa y la empuja.

Sintiéndose incómoda y deseando no haber dicho ni una palabra sobre la reunión cancelada, Mina se despide. "Creo que será mejor que vuelva a casa ahora, Falana. Gracias por una linda visita. Lo haremos de nuevo."

"Oh, sí, Mina. Lo haremos. Lamento tener que dejarte tan abruptamente."

Dubri y Falana caminan en la dirección opuesta a Mina, que se da vuelta y se dirige a casa. Pero una voz en su cabeza le advierte que los siga en secreto y descubra qué está tramando Dubri.

En la cala, Sechmet y los insurgentes trabajan en una estrategia de emboscada para ejecutarla una vez que descubran la ubicación de la reunión del Consejo. Sin embargo, un hombre siente que esto es insuficiente. "Una vez que alcancemos al Consejo y aseguremos un rehén, necesitaremos un plan de mayor alcance para infiltrarnos en la ciudad y tiranizar a los ciudadanos. No podemos darles tiempo ni incentivos para que se defiendan."

"¿Qué tienes en mente?" pregunta Sechmet.

"¿A quién o qué valoran o veneran más? Si podemos descubrir eso y capturarlo o destruirlo, se sentirán intimidados hasta la sumisión."

"Sé exactamente a *quién* veneran más y *qué* valora ella por encima de todo" afirma Sechmet. "Ella será nuestro objetivo. Bien, esto es lo que haremos primero..."

CAPÍTULO DIECISIETE

Dubri responde a una llamada de Sechmet que dice que uno de sus informantes descubrió que el Consejo se ha reunido en secreto en la iglesia de Coronadus.

"¿La iglesia? ¿Cuántos hay?" Es evasivo por el bien de Falana. "Quiero decir, ¿hay muchos puntos en la agenda y otros ciudadanos están ahí para hacer una presentación?"

"Solo los miembros del Consejo y Bianca."

"Bueno. Uh, gracias por la información. Iré y presentaré mi caso."

"Bueno, parece que se están reuniendo en la iglesia esta noche. Necesito que vengas conmigo Falana y me ayudes a convencer a Bianca de que me permita hablar con el Consejo."

"¿Y los niños? ¿Será muy tarde cuando lleguemos a casa?"

"El vecino aceptará quedárselos unas horas más, así que no te preocupes."

"¿Qué es tan importante que tienes que incomodarnos a mí y a nuestro vecino de esta manera?"

"Es mi oportunidad Falana, *nuestra* oportunidad de ser ricos y poderosos, tomar el control de Coronadus. Bianca es débil, ella y su familia artística. No saben qué es la fuerza. La ciudad está muriendo con su enfoque altruista para cada problema."

"Bianca no es débil. Ella encabeza el Consejo y es a ella a quien hay que convencer. Sabes lo testaruda que puede ser. ¿Qué vas a hacer Dubri?"

"Nada terrible, Falana. Siempre te protegeré a ti y a nuestros hijos. Pero si Bianca y el Consejo no cambian voluntariamente sus caminos, nosotros tendremos que dar un golpe de estado."

"¿Quién es *nosotros*? ¿Qué tipo de golpe?"

"Amigos de una isla vecina. Ellos tienen un plan a prueba de fallas que les funcionó. Solo tenemos que convencer a los ciudadanos de Coronadus de que es una mejor manera."

Agradecida de que a Falana le guste el aire libre y haya dejado una ventana abierta en su casa, Mina puede escuchar toda la conversación. Ella hace una carrera acelerada a la iglesia para informar a Bianca.

"Conociendo a Sechmet y Dubri, intentarán usar la fuerza" dice Bianca. "Así que debemos estar preparados con un plan defensivo."

Un pequeño grupo de guardias de seguridad de Coronadus están en alerta y estacionados en el techo de la iglesia con una vista completa de la ciudad, creyendo que los insurgentes no tendrán cobertura sin importar de qué dirección vengan.

Ante el Consejo reunido, Falana entra y se dirige a los miembros, pero principalmente a su hermana.

"Por favor, escuchen lo que mi esposo tiene que decir. Sus ideas son audaces e innovadoras. Creo que eso es lo que necesitamos para ayudar a que Coronadus avance hacia una nueva era."

"¿Son tus palabras o las de él, querida hermana?"

"De ambos" afirma Dubri, avanzando asertivamente.

"Falana me apoya como siempre. Pero también necesito tu apoyo, Bianca."

"¿Y qué es lo que propones?" una concejal interviene con otros añadiendo sus propias preocupaciones, incluida Bianca, que mira con cautela.

"Necesitamos reestructurar el órgano de gobierno, incluido el Consejo. Quiero arrojar mi sombrero al ring como presidente y tener privilegios de voto."

"Sabes que tenemos un procedimiento para eso, uno muy democrático. No podemos simplemente nombrar al líder en una sesión."

"En circunstancias normales, estaría de acuerdo. Pero no tenemos tiempo para perderlo con elecciones, campañas y resoluciones electorales. Eso es para los tontos que todavía creen que la democracia funciona."

"Lo que estás proponiendo es una dictadura, Dubri. Y no tendremos nada de eso." Bianca es inequívoca.

"¿De verdad? ¿Así que has tomado esa decisión unilateralmente sin escucharme y sin votar? ¿Quién es el dictador ahora?"

"Di lo que tengas que decir" le avisa un miembro, impaciente.

"Propongo un gobierno de coalición, con expertos de otras naciones para que vengan y formen parte de él. Estoy bien preparado para ejecutar ese plan."

"No has hecho nada para contribuir al crecimiento de Coronadus al hacer propuestas tan audaces" advierte Bianca. "Has engañado a tus vecinos y clientes y has encontrado formas subrepticias de eludir el enjuiciamiento." Ella se dirige directamente al Consejo. "La lista es larga y sórdida, como saben todos en el Consejo."

"¿Y qué ha hecho Bianca para mantener tal posición de estima? ¿Ella no fue elegida? ¡Fue ungida para eso!"

"Es su derecho de nacimiento, Dubri. Ella lo heredó a través de sus padres y sus padres antes."

"La Elegida" Dubri se burla.

"Y luego permitió que el proceso democrático se cultivara e implementara de manera ordenada y justa."

"¿Y qué ha conseguido? Oh, sí; tienes tus magníficos salones, templos e instituciones educativas, hermosos paisajes y arquitectura, pero si los enemigos entraran por las puertas, no podrías defender la ciudad. Sus armas están muy desactualizadas y no son comparables a las municiones que todas las demás naciones vecinas han desarrollado."

"¿Estás proponiendo la guerra, Dubri?" Bianca sondea más. "¿O nos estás amenazando con una?"

"Solo les advierto que hay personas en esta ciudad que están cansadas del status quo y quieren un cambio, especialmente un cambio económico y político."

"Nuestra gente tiene todo lo que puede desear en Coronadus, Dubri. No creas que nos pueden quitar eso tan fácilmente."

"Ya veremos, Bianca." Dubri se va enfadado y llama a la tripulación para que ejecute su plan. "Serán fáciles de superar" les dice.

"Por favor, Bianca. No lo ignores" suplica Falana. "Por favor, presta atención a lo que Dubri está diciendo. El cambio debe llegar a Coronadus si queremos prosperar y competir en el mundo."

"Falana, sabes más de lo que me dices. ¿Qué está haciendo Dubri realmente? ¿Qué va a hacer ahora?"

"No lo sé con certeza, Bianca. Solo sé que te quiero tanto como a mi esposo y no quiero que les pase nada a ninguno de los dos."

"Sus vagas referencias me dicen todo lo que necesito saber, que tengo razón al desconfiar de tu esposo y sus motivos."

"Nunca te agradó, nunca apoyaste mi matrimonio con él" hace un puchero Falana. "Estoy tratando de ayudar y todo lo que haces es lanzar calumnias."

"Haz lo correcto, Falana" advierte Bianca a su hermana. "Sabes qué es lo correcto. No tengo que decírtelo."

Enojada y confundida, Falana sale corriendo de la iglesia y choca contra Mina, quien intenta detenerla. Falana está enojada con su hermana, pero intentará evitar que Dubri haga algo violento. "Él es mi esposo y no tengo más elección que ayudarlo."

"¿Qué quieres decir con que no tienes elección? ¿Te amenazó?"

"Realmente no. Pero sé que intentaría poner a mis hijos en mi contra si yo no lo aceptara. No quiero ser la adversaria de mi hermana. Pero ella es tan terca y menospreciadora."

"Ella te ama, Falana. Ella te protegería. Por favor, permíteselo."

"Como ya he dicho. No tengo otra opción."

Dividida entre ellos, Mina no puede elegir a qué persona ser leal, por lo que trata de protegerlos a ambos.

"Déjame ir contigo, Falana" ofrece Mina. "Tal vez te pueda ayudar a convencer a Dubri para que espere y sea paciente, para darle a Bianca tiempo para consultar con el Consejo antes de que tome alguna acción que no pueda deshacer."

"No, Mina. Dubri no te conoce. Él nunca te escucharía. Es bastante machista. Por favor, ten cuidado y mantente fuera de la discusión, Mina. No me perdonaría si te sucediera algo."

Con eso, Falana gira y se apresura a casa.

CAPÍTULO DIECIOCHO

El enfrentamiento es violento. La banda de intrusos, que se esconde discretamente entre los ciudadanos comunes, entra sin ser detectada por los guardias de la iglesia. Suben sigilosamente las escaleras de la pared y atacando por detrás, los eliminan como presas fáciles, dejando a cada uno impotente o muerto. Rápidamente se apresuran a la iglesia y alcanzan a todo el Consejo. Bianca es su objetivo y el escondite secreto de cristales sagrados es el tesoro que buscan.

"Nunca diré nada" promete Bianca. "No importa lo que me hagan."

"¿Ni siquiera si matamos a todos los miembros de tu precioso Consejo?"

"No te rindas, Bianca." Todos están unidos detrás de ella. "Es mejor morir que vivir bajo la tiranía."

"Nadie morirá mientras yo tenga un aliento en mi cuerpo" declara Bianca.

"¡Por favor, Bianca! Dales lo que quieren. ¡No puedo perderte!" Falana entra armada contra su voluntad, pero dispuesta a hacer cualquier cosa para salvar a su hermana.

"¡Falana! ¡Vete!" Bianca le ordena. "Tienes hijos que te necesitan. Estaré protegida."

"¡Si, ella lo estará!" Ahora es Mina quien se mueve entre Falana y Bianca. "Por favor, Falana, tú también eres mi amiga. Odiaría que les pasara algo a alguna de las dos."

Uno de los insurgentes agarra a Bianca para mantenerla como rehén, luego ordena a todos los miembros del Consejo que salgan del edificio. "Si saben lo que es bueno para todos ustedes o para su preciosa Bianca, se irán y no contarán a nadie lo que está sucediendo aquí esta noche."

"¡No!" Dubri exige ahora. "No se irán de aquí con vida. Los ciudadanos estarán pululando alrededor de la iglesia en poco tiempo. ¡Mátenlos a todos!"

"¡No, Dubri!" Falana protesta.

En una despiadada lluvia de disparos, todos los miembros del Consejo son asesinados donde están, la sangre brota por todas partes y desfigura la santidad del lugar sagrado.

Mina corre hacia Falana y trata de protegerla. Dubri apunta con su revólver a Mina, pero golpea a Falana. Ella queda aturdida, inmóvil por un segundo, sus ojos interrogantes, luego se deja caer al suelo.

"¡Falana! ¡Falana!" grita Mina. "Dubri, ¿qué has hecho?"

Bianca se libera del tirano que la sostiene y corre hacia su hermana. Dubri apunta su arma a Bianca, pero Mina empuja su mano hacia arriba y luchan por el arma. Cae al suelo fuera del alcance de Dubri.

De repente, por detrás, Mina es apuñalada violentamente.

Bianca se lanza a la pistola de Dubri, la agarra, apunta expertamente y mata al asaltante de Mina de un disparo. Dubri y la banda asesina se dispersan de la iglesia para encontrar a Sechmet y planear su próximo movimiento. Al final todos los miembros del Consejo, excepto uno; yacen brutalmente asesinados. Es Bianca.

Con el corazón roto al ver el cuerpo sin vida de su hermana, Bianca se cubre la cara con las manos, agotada y sacudida por la violencia. Sacude la cabeza como para hacer desaparecer la imagen y grita: "Falana era solo una niña. ¿Qué sabía ella de esas cosas? ¿Cómo tomó una decisión tan mala? ¿Qué podría haber hecho para detenerla?"

"Nada, Bianca..." Mina está hablando ahora, forzando las palabras a salir de su boca mientras siente que la vida abandona su cuerpo. "Tomamos... nuestras propias decisiones... buenas o malas..." A medida que su vista se desvanece, la imagen de su hermana, Fallon, cobra gran importancia, transformándose suavemente en el espíritu de Falana. Juntas, como una; sus trágicos viajes terminan por fin. Fallon y Falana se convierten en almas hermanas, consolándose mutuamente, disolviéndose en su dicha prevista.

Corriendo al lado de su amiga, Bianca se arrodilla, acuna su cabeza y acaricia su rostro. "Y tú Mina, apenas me conociste, pero sacrificaste tu vida por mí." Bianca solloza, ahora sosteniendo a Mina en sus brazos.

Respirando superficialmente, jadeando por aire; Mina se disculpa por no poder ayudar.

"No tienes nada que lamentar, querida. Nada."

"Hay... una cosa de la que... me arrepiento..."

"¿Qué es eso, mi querida amiga?"

Mina sonríe ante la ironía de su último pensamiento. "Nunca haré que Rami... me enseñe música... Tenía tantas ganas de aprender..."

"Tendrás música donde quiera que estés, Mina. Música gloriosa, divina y celestial." Bianca mece a Mina suavemente, tarareando dulcemente para que su voz sea el último sonido que escuchará Mina. Tanto en la muerte como en la vida, son almas afines con la misma misión: proteger a las personas que aman. Y ambas fallaron.

Pero en una alegre descarga final de éxtasis, Mina imagina que su aura se unifica con la de Bianca. La transformación es translúcida al principio, reluciente y efímera. Ahora toma forma, consistencia, contenido; una visión tan cálida, tan abrazadora; que Mina se mueve hacia ella, de buena gana, con nostalgia, sin miedo. Su cabello dorado se mueve libremente, el vestido rosado acaricia suavemente su cuerpo espiritual. Ella está vibrante, impresionante, viva. Es Mina, luego Bianca, luego Billie Nickerson nuevamente y una voz familiar la llama: "*Haz el viaje, Billie. Haz el viaje y lo haré contigo.*"

El resentimiento y el dolor forman un pesado velo en el rostro de Bianca, pero se prepara para seguir adelante. Los funerales y memoriales llenan los días y las noches de Coronadus. Los corazones apesadumbrados, la culpa y la angustia no se alivian fácilmente, porque saben que sus vidas y su ciudad natal se han alterado irremediablemente.

Pequeñas bandas de matones realizan incursiones casi todas las noches en busca de los cristales sagrados que les darán el poder de conjurar al *Moon Singe,* la nave de leyenda que guarda toda la sabiduría y el conocimiento del universo en sus mástiles. Las pequeñas bandas se convierten en ejércitos en marcha que confiscan todas las armas y todos los medios de resistencia, volviendo impotentes a los habitantes, pero a uno le prometen proteger a Bianca y su familia.

Y jurando derrotarlos, Bianca le ruega a Ishtar que se lleve a Saliana, que la mantenga a salvo en el Templo de la Música y los Milagros y que destruya el puente que lo conecta con el continente.

"Me quedaré atrás" promete Bianca, "para unirme a la clandestinidad y ayudar a salvar a nuestra gente. Debes proteger el don de Saliana, su música; de aquellos que la usarían para su propio beneficio. Y sobre todo protege el Cristal Rosa."

"No puedo dejarte aquí a su merced" protesta Ishtar. "Por favor, ven con nosotros."

"Sabes que no puedo. Tengo una obligación que cumplir. Siempre supimos que algún día tendría que defender mi legado."

"Por favor ten cuidado, Bianca. Sabes que solo hay un recurso para poner fin a este asedio. Podría destruir todo lo que conocemos y apreciamos."

"O puede salvarlo."

De mala gana, Ishtar y Saliana aceptan partir. Se despiden de su amada Bianca y confirman volver cuando se haya ganado la guerra.

Pero en un ataque sorpresa en la plaza del pueblo, cuando bombas e incendiarios destruyen la iglesia y la escuela, mueren muchos coronadianos, incluida la niña de Sechmet, Marena. Inconsolable, jura vengarse de "La Elegida" pero Bianca intenta hacer las paces con Sechmet, sabiendo que ambos han perdido a sus seres queridos en esta horrible batalla que nunca debería haberse librado.

"Nada de esto hubiera sucedido si no hubieras sido tan obstinada y nos hubieras hecho saber dónde están los cristales."

"Te lo he dicho, no sé dónde están. Así me protegió mi padre, para mantenerme ignorante de su paradero."

"Seguro que alguien los encontrará algún día, Bianca. Sabes que es verdad."

"Pero no yo, ni tú; ni esos matones con los que te has aliado para volverse contra tu propia gente."

Aun creyendo que Bianca está mintiendo, Sechmet finge sumisión y de mala gana insta a los invasores a que se vayan cuando su búsqueda de los codiciados cristales no da frutos. "Déjalo por ahora" negocia Sechmet. "Volveré a llamarte un día, cuando todo se haya calmado. Me haré amigo de Bianca y cuando haya ganado su confianza haré que me revele dónde podemos encontrar el tesoro."

"No podemos confiar en que comparta esta información con nosotros, Sechmet. No nos vamos. Estaremos vigilando a Bianca y observándote a ti."

Es su vergüenza y su culpa. Haber sobrevivido a expensas de la vida de otra persona todavía la persigue. Más de una vez debería haber muerto, pero una fuerza inexplicable intervino y salvó la vida de Bianca. Esta vez fue Mina el conducto para ese poder. Desearía haber muerto junto con ellas, con Falana y Mina. Mejor aún, haberlas salvado. Sin embargo, ella sabe que ser perdonada, ser "La Elegida" tiene un solo propósito: proteger los cristales y la gran nave *Moon Singer* para que sea descubierta por su único dueño verdadero.

Al ver la desesperación de sus conciudadanos, sabiendo que el peligro para ellos aun persiste debido a la existencia de las gemas sagradas por las que otros matarían, Bianca determina que solo hay una solución.

"Lo viejo debe ser destruido para que lo nuevo pueda resucitar" declara Bianca. "La herencia de mis antepasados estará segura y se guardará para la próxima alma que encuentre, valore y use el conocimiento para el bien."

Tomando la pequeña escultura del *Moon Singer*, la imagen de madera de la gran nave que Ishtar talló con sus manos, plenamente consciente de la sabiduría que encierra, Bianca medita sobre su próxima acción. Durante la noche y hasta que el sol irrumpe en un glorioso amanecer, Bianca permite que la esencia de la pequeña nave la ilumine. La elección ahora está clara. Su fatídica decisión está tomada.

Al abrir un cajón de su escritorio privado, Bianca saca el antiguo artefacto de su caja cerrada. La belleza de la pieza esférica de ocho puntas repartidas por igual alrededor, para asemejarse a los pétalos de una flor, con la punta final en forma de *flor de lis* dorada, no deja de llenar el alma de Bianca de una reverencia asombrosa. Es el instrumento que ha guiado a viajeros y marineros a sus destinos durante siglos y ahora le permite a Bianca usar su poder celestial para moldear el destino de Coronadus y todos sus habitantes.

Es hora de usar La Rosa de los Vientos.

CAPÍTULO DIECINUEVE

Al darle la bienvenida a Billie a su lugar en el Más Allá, los Ancianos explican cómo las personas que encontró en sus muchas encarnaciones únicas son como una familia y por qué ella misma ha sido estudiante y maestra.

"Todos existimos en un ciclo interminable de vida y muerte, nuestras almas están entrelazadas a lo largo de muchas vidas. Nos encontramos como padre e hijo, como marido y mujer, como amante y amigo y como madre e hijo. Nuestros roles se intercambian constantemente para que podamos experimentar los altibajos de la emoción, la riqueza y la pobreza de la jerarquía social, la violencia y la paz del orden mundial y el dolor y la pasión de la vida para que ganemos empatía. Aprendemos y enseñamos lo que hemos aprendido, solo para darnos cuenta de que todavía tenemos más que aprender y enseñar."

"Lo entiendo ahora" reconoce Billie. "Estoy exhausta y regocijada a la vez por las experiencias. Pero estoy empezando a saber lo que mi guía, la mujer sin nombre, llama la nube de la amnesia, olvidándome de mis vidas anteriores y abandonando mi apego a ellas. Sin embargo, hay un anhelo que todavía atormenta mi memoria y parece que no puedo liberarlo. Que tampoco quiero."

"No está dentro de nuestro alcance aclararte eso" le dicen los Ancianos. "Sin embargo, debido a tu acto desinteresado de salvar la vida de otro a expensas de la tuya propia, te has ganado el privilegio de presentar tu caso al Otro —el único que puede permitirte regresar a la tierra una vez más para descubrir lo que es tu verdadero deseo."

"Sí, Billie Nickerson" el Otro le dirige la palabra a ella, "He sabido de tu anhelo desde que entraste en nuestro reino. Los Guías espirituales devotos y cariñosos han intervenido en tu nombre más de una vez, pero sabían que no estabas preparada para tal transformación. Parece que lo estás ahora. Estás lista para reconocer y cumplir tu misión personal. Sin embargo, no será tan simple o claro como podrías preferir."

Billie suspira profundamente, sin querer preguntar. "¿No te refieres a experiencias de vida más irrelevantes, más meandros terrenales? ¿No tienes un propósito claro o una finalidad kármica?"

"No hay experiencias de vida irrelevantes" explica el Otro. "Son todos hilos en un tapiz que forman un patrón que revela tu destino."

"No entiendo. Todavía no veo un patrón. Solo fragmentos de una cosa completa que no encaja."

"¿Recuerdas cómo son los sueños? ¿Restos de sucesos que parecen realistas mientras duermes, pero que no tienen sentido cuando te despiertas?"

"He tenido muchos de esos sueños abstractos e indescifrables" admite Billie. "¿Fui demasiado inepta para entender sus significados?"

"Sí. Y no" responde vagamente el Otro.

"¡Alto! ¡Alto! Todo esto es tan críptico. Rompecabezas que no encajan, tapices sin patrón, sueños que son esquivos. ¿Por qué *yo*? ¿Cuál es el propósito de toda esta intriga? ¿Cuándo sabré lo que debo hacer?"

"Sabes lo que tienes que hacer. Tu misión es heroica y se te pide mucho, quizás más que a la mayoría de las almas. Solo mantén tu enfoque. Sabes qué hacer."

Una desolación de espíritu la invade teñida de exasperación por todo lo que ha soportado. Y se atreve a preguntar:

"Te llaman Otro, pero ¿eres... eres *Dios*?"

"¿Qué piensas?"

"Yo... no lo sé. Creo que si fueras Dios ni siquiera serías visible para mí. Tu imagen sería tan brillante que no podría mirarte sin protegerme los ojos. Al menos, eso dice la leyenda."

"¿La leyenda?"

"Ya sabes. La historia. No soy una persona religiosa. Pero es algo que las personas que tienen experiencias religiosas suelen describir."

"¿Y qué ves?" pregunta el Otro.

"No estoy segura. Veo tu esencia y es fuerte, cálida y reconfortante. No es nada que haya visto antes, pero también se siente como mirarme en un espejo" responde Billie.

"Y entonces, ¿qué piensas?"

"Creo que, quienquiera que seas o lo que seas, necesito tu sabiduría, tu guía; el poder que tienes para conceder mi deseo."

"El poder y la sabiduría están dentro de ti, Billie Nickerson. Lo que quieres es tuyo para que se manifieste."

"No he hecho un buen trabajo hasta ahora. No pude salvar a mis padres de ser asesinados, ni salvar a mi hermana de recibir un disparo. ¡No pude evitar morir demasiado pronto! Y ahora voy de una vida a otra."

"Billie, ¿no te das cuenta de que cada encarnación es una oportunidad para la redención? En tu última vida demostraste valentía desinteresada y eso te ha llevado a este punto."

"Sí. A este punto. Hay algo que debo hacer, pero me estoy olvidando. El propósito se está escapando."

El Otro hace una breve pausa, contemplando una decisión que cambiará el curso del destino de Billie para siempre.

"Como tu tarea es tan importante" dice el Otro, "y tu viaje es largo y arduo, te ayudaré a recordar."

La claridad de lo que debe hacer está empezando a desvanecerse, pero la pasión por ello, la urgencia, permanece. Billie reflexiona por un momento, sabiendo que esta es su última oportunidad, esperando que lo que elija sea la decisión correcta y justa.

Agradecida de que le ayuden a recordar, suplica:

"¿Y cómo llegaré a la Tierra esta vez, en qué forma y en qué encarnación? ¿Tengo la voluntad de volver a intentarlo?"

El Otro contesta: "Por supuesto, aquí no hay *voluntad*, solo hay hacer, ser y conocer."

"Pero me he cansado tanto de los viajes, de la enseñanza repetitiva de la misma lección una y otra vez, solo para decepcionarme con la resistencia."

El Otro le dice: "Entonces enseña una nueva lección o la misma Verdad, de una manera nueva. Hasta que se impregne en los cuerpos, las mentes y los corazones y luego sea creída, continuarás haciendo esas estancias."

"Muchas veces he hecho sentir mi presencia, pero no he sido reconocida, sin revelar quién o qué soy. ¿No es hora de hacerlo? Revelar, ¿eso es?"

El Otro: "Depende del tema. ¿Estarías dispuesta a aceptar este conocimiento?"

"Podría haber peligro allí, si el conocimiento se usa imprudentemente o con motivos egoístas. Mi... el tema... mejor para recibir sería alguien que tiene un gran propósito más allá de su propia realización."

El Otro: "Un inocente, quizás. Alguien que nunca pensó en buscar tal conocimiento, todavía."

"Pero ¿dónde se encontrará?"

El Otro: "En el pasado y el presente, en los cielos y en la tierra, en el tiempo y el espacio. Y en el corazón de su madre."

"¿Corazón de madre?"

El Otro: "Al reconocer el deseo de su corazón, encontrarás a Aquel que buscas, cuyo propósito reconocerás inmediatamente."

"Y eso es...?"

El Otro: "Para salvar una vida que significa más para él que la suya."

"Pero ¿cómo voy a revelarme ante él?"

El Otro: "de forma única. De una manera extraordinaria y magnífica."

EPÍLOGO

UN VIAJE FINAL

Entonces Billie estará con los que ama como alguien a quien reconocen en su corazón, pero que no conocen. Estará allí mientras atraviesan sus vidas en la realidad y en los sueños, en el pasado, presente y futuro, en fantasías y deseos. Estará allí para caminar a su lado, para guiarlos hacia su propósito superior, a través de la tristeza y la confusión, hacia su felicidad y serenidad.

Estará allí para David en el aleteo de la brisa, en la música de su corazón, en su ira y en su perdón. Cuando sienta que no tiene a dónde acudir, cuando se le pida mucho que no pueda comprender, cuando se requieran hazañas heroicas que están más allá del alcance de sus experiencias o habilidades, ella estará allí.

Cuando se inspire en ideas mágicas y crea en milagros que ningún mortal pueda manifestar, con cada nueva aventura, con cada éxito y fracaso, en su confusión y en sus revelaciones, ella estará allí.

Cuando pueda sostener en la palma de su mano el vehículo que le permite trascender el tiempo y el espacio y viajar más allá del mundo y luego encontrar el camino a casa nuevamente...

Cuando escuche lo que otros no pueden y finalmente escuche y reconozca la canción de su alma...

Ella estará ahí.

Y ASÍ, el plan de Dorinda se desarrolla.

Fin

Querido lector,

Esperamos que hayas disfrutado leyendo *Antes Del Niño*. Tómese un momento para dejar una reseña, incluso si es breve. Tu opinión es importante para nosotros.

Atentamente,

B. Roman y el equipo de Next Chapter

La historia continúa en la
Trilogía de
The Moon Singer Trilogy

Libro Uno: *El Cristal Clíper*

"El Cristal Clíper" es una aventura de cuento de hadas, porque así es como todos comenzamos a lidiar con la vida, soñando despiertos con formas fantásticas de lidiar con los problemas de la vida. Para David, la princesa encarcelada en la torre, los monstruos, los engaños y las Tentaciones en el Palacio del Prisma, representan los conflictos y miedos de la vida cotidiana.

David Nickerson comienza sus fantásticos viajes como un niño tratando de hacer frente a una serie de crisis familiares, el desempleo de su padre, la parálisis de su hermana, la muerte de su madre y su sordera después de una grave enfermedad.

Cuando David adquiere un cristal sagrado *Singer;* conjura la nave clíper de energía-sobrenatural, la *Moon Singer*, que lo lleva a espectaculares estadías en vidas pasadas y futuras. Todas las personas con las que se encuentra tienen una conexión de alma entre sí y sus vidas están destinadas a entrelazarse muchas veces.

Con la ayuda de una joven princesa que tiene el poder de curar en su canción, David finalmente se transforma en un joven que puede "escuchar" lo que otros no pueden y que puede "ver" lo que otros niegan. Pero su misión es siempre la misma: salvar una vida que significa más para él que la suya propia.

Libro Dos: *La Cámara de Guerra*

"La Cámara de Guerra" es la prueba de fuego de David. Este héroe involuntario, que se convirtió en capitán de la mística nave *Moon Singer* y salvó la vida de su hermana en una mítica Isla de la Oscuridad, aun no ha aprendido que su sordera es su mayor don. Es esta "discapacidad" y su posesión de tres artefactos sagrados: el Cristal Singer, el Cristal Rosa y ahora la Brújula Rosa de los Vientos, que le permiten a David el poder de salvar la vida de todos los que ama.

Mientras que la ciudad natal de David Nickerson lucha apasionadamente para revivir una economía estancada, él está abatido porque todos los milagros que trajo consigo en el *Moon Singer* se han disipado. Está tan sordo como antes, la parálisis de su hermana ha regresado y su angustia por la muerte de su madre es más fuerte que nunca.

David va a su tumba, decidido a tratar de comunicarse con ella a través de sus cristales y comprender por qué lo dejó solo llorando por ella. En cambio, se ve transportado a una ciudad extraña de gente fascinante que está atrapada en una distorsión temporal entre un pasado de alta tecnología, materialista y militante y su inclinación por una forma de vida más sencilla y pacífica.

Es aquí donde David se encuentra con una mujer venerada que se vuelve como una madre para él y lo ayuda a comprender cómo su sordera y la misión kármica de su madre están entrelazadas. Cuando un evento cataclísmico destruye la ciudad, David descubre que el pasado, el presente y el futuro no conocen fronteras, que son uno en el círculo interminable de la vida.

Al regresar a la notable transformación de su ciudad natal, David se da cuenta de que debe hacer frente a sus obligaciones como capitán del *Moon Singer* y seguir su destino, donde sea que lo lleve.

Libro Tres: *La Rosa de los Vientos*

En esta tercera y última aventura, se realiza la profecía del *Moon Singer*. Pero todo gira en torno a la respuesta a una pregunta: ¿Puede la música en realidad crear y destruir la vida?

Si David, cuya sordera aun elude el tratamiento, no puede oírla, ¿podrá aprovechar el poder de la música para salvar al planeta de la catástrofe? Solo si es capaz de reunir los tres artefactos sagrados: el Cristal Singer, el colgante de Cristal Rosa y la Brújula de la Rosa de los Vientos. Su energía Trinitaria es todo lo que David necesita para volver a armonizar la música destructiva y discordante creada por un maestro de música vengativo.

La mística nave clíper *Moon Singer* es el transporte de David a la Fuente de sus habilidades paranormales, pero solo a través de su comprensión completa del Poder de Tres para Convertirse en Uno, manifestará su destino y una vez más salvará una vida que significa más para él que la suya. Ese entendimiento le llegará cuando descifre los códigos musicales crípticos que se han creado con propósitos malvados.

Al desentrañar estos códigos, David llegará a conocer la canción de su propia alma, la que permite que su discapacidad se convierta en su mayor regalo.

Antes Del Niño
ISBN: 978-4-86747-240-8

Publicado por
Next Chapter
1-60-20 Minami-Otsuka
170-0005 Toshima-Ku, Tokyo
+818035793528

18 septiembre 2021

www.ingramcontent.com/pod-product-compliance
Lightning Source LLC
LaVergne TN
LVHW101922220826
846093LV00009B/329

* 9 7 8 4 8 6 7 4 7 2 4 0 8 *